Louise Cooper

Zauberpferde

Moonlights Geheimnis

Für Hannah Daysh und Hannah Levene, die mir ihren Namen ausliehen, aber – soweit ich weiß – keine lilametallicfarbenen Fahrräder besitzen!

Louise Cooper, 1952 in England geboren, hat schon als Schülerin am liebsten Geschichten geschrieben. Ihr erster Fantasyroman »The Book of Paradox« erschien 1973, als sie gerade 20 Jahre alt war. Seitdem hat sie mehr als 60 Bücher für Kinder und Erwachsene veröffentlicht. Heute lebt Louise Cooper mit ihrem Mann und ihrer Katze in Cornwall, England.

Louise Cooper

Zauberpferde

Moonlights Geheimnis

Aus dem Englischen von Anne Braun

Klopp · Hamburg

In der Reihe *Zauberpferde* von Louise Cooper
sind erschienen:

Zauberpferde 1 – Die Prophezeiung
Zauberpferde 2 – Der blaue Talisman
Zauberpferde 3 – Im Bann des Grauen Pferdes
Zauberpferde 4 – Moonlights Geheimnis

Die Originalausgabe erschien unter dem Titel
»Seahorses – The Last Secret«
First published by Puffin Books, part of Penguin Books Ltd. UK, 2004
Aus dem Englischen von Anne Braun
Einband von David Wyatt
Satz: UMP GmbH, Hamburg
Druck und Bindung: Friedrich Pustet, Regensburg
Printed in Germany 2007
ISBN 978-3-7817-0335-3

www.klopp.biz

Vorwort

»Es gibt eine alte Sage«, begann Nan mit leiser Stimme, »über zwei Geister, Zauberpferde, die vor langer, langer Zeit an unserer Küste lebten. Sie waren bekannt als das Blaue Pferd und das Graue Pferd, und angeblich sollen beide aus dem Meer gekommen sein. Das Blaue Pferd war uns Menschen wohlgesonnen. Es brachte günstige Winde und sorgte für einen ruhigen Wellengang, es beschützte die Seeleute und Fischer, wenn sie auf hoher See waren. Das Graue Pferd hingegen war böse. Es brachte verheerende Stürme und tückische Gezeiten, es hasste die Menschen und ergötzte sich an Schiffbrüchen und ertrinkenden Seeleuten.

Die beiden Geister lieferten sich einen erbitterten Kampf. Es kam zu schrecklichen Stürmen und Orkanen und zu gewaltigen, vernichtenden Fluten. Die Menschen hier lebten in großer Angst, denn alles deutete darauf hin, dass das Graue Pferd gewinnen würde. Doch eine Fischerfamilie hatte keine Angst. Sie verbündete sich mit dem Blauen Pferd. Und gemeinsam mit dem Blauen Pferd und mit vereinten Kräften ist es ihnen gelungen, das Graue Pferd zu bezwingen.

Als die Schlacht vorüber war und die Bewohner außer Gefahr waren, töpferte die älteste Frau der Fischerfamilie eine Figur. Die Legende besagt, dass der böse Geist des Grauen Pferdes in diese Figur eingesperrt wurde, und die Familie gelobte, immer gut darauf aufzupassen.« Prüfend blickte Nan Lilly an. »Sie waren unsere Vorfahren. Und die Legende besagt auch, dass – sollte die Statue je kaputtgehen – der dunkle Geist wieder freikommen wird.«

Schweigen legte sich über das Wohnzimmer. Mit bebender Stimme flüsterte Lilly: »Und ich habe sie kaputtgemacht …«

1. Kapitel

»Das Tolle am Sommer ist«, nuschelte Joel Richards durch die Zähne, um keines der herumfliegenden Pferdehaare in den Mund zu bekommen, »dass er gleich zwei Vorteile auf einmal bietet: lange Abende und keine Schule!«

Lilly Weston grinste ihn über den glatten, braunen Rücken der Stute Lark an, die geduldig dastand und sich striegeln ließ. »Stimmt. Und noch toller ist, dass die Ferien heute erst angefangen haben!«

Dandy, der Schecke, den Joel gerade striegelte, warf nervös den Schweif hin und her und stampfte dann so überraschend mit einem Vorderhuf auf, dass Joel kaum seine Zehen in Sicherheit bringen konnte. Er legte die Kardätsche weg.

»So«, sagte er, »das dürfte reichen. Außerdem sind die beiden für einen Ausritt gebucht.«

Lilly warf einen Blick auf ihre Uhr. »Ich muss sowieso bald gehen. Nan wird das Abendessen fertig haben. Und nachher wollen wir ins Dorf fahren, um uns die Wahl zur Dorffestprinzessin anzusehen.«

»Ach ja, das hatte ich ganz vergessen.« Joel machte eine

kurze Pause, ehe er beiläufig hinzufügte: »Vielleicht komme ich doch mit. Kann ich bei euch im Auto mitfahren?«

Lilly grinste ihn an. »Hast du nicht gesagt, die Sache mit der Prinzessinnenwahl sei Kinderkram? Nur weil du jetzt aufs Gymnasium gehst ...«

»Es ist auch Kinderkram!«, fiel Joel ihr ins Wort. »Aber ... na ja, immerhin zieht eines unserer Pferde beim Umzug die Kutsche der Prinzessin, also muss ich wohl aufpassen, dass sie jemanden wählen, der halbwegs in Ordnung ist, oder?«

Lilly lachte, und Dandy machte erschrocken einen Satz zur Seite. »Na schön. Wir holen dich dann ab. Ich sage Nan, dass du vor Aufregung schon ganz aus dem Häuschen bist!«

Sie zog blitzschnell den Kopf ein, weil Joel mit der Kardätsche nach ihr warf, und ging dann lachend in den Geräteraum, um Sattel und Zaumzeug für Lark zu holen.

Eine halbe Stunde später machte Lilly sich auf den Heimweg nach Chapel Cottage, wo ihre Großmutter wohnte. Das kleine Haus lag in einem lang gezogenen Tal, das vom Reiterhof der Richards bis hinunter an die Küste führte, und als Lilly den Fußweg erreichte, blieb sie noch einmal stehen und schaute zu den Koppeln zurück. Die Pferde, die an diesem Nachmittag nicht für einen Ausritt gebucht waren, grasten auf einer Wiese am anderen Ende des Geländes. Lilly fand, dass sie von Weitem wie Spielzeugtiere aussahen. Bei ihrem Anblick zog sich Lillys Herz zusammen. Denn ein Pferd – ein ganz besonderes Pferd – war nicht mehr dabei.

»Moonlight ...«

Wie so oft murmelte Lilly den Namen leise vor sich hin.

Moonlight war ein wunderschönes, fast schneeweißes Pferd mit nur einem Anflug von Apfelschimmel, und er war weit mehr als nur Lillys Lieblingspferd gewesen. Vom ersten Tag an, kurz nach ihrer Ankunft in Cornwall, wurde er ihr ein treuer Freund und Gefährte. Es hatte keine Rolle gespielt, dass er den Richards gehörte – Lilly hatte immer das Gefühl gehabt, dass Moonlight ihr eigenes Pferd war.

Inzwischen aber wusste sie, dass Moonlight nie jemandem gehört hatte. Denn sie und Joel hatten die Wahrheit über ihn herausgefunden: Er war kein gewöhnliches, sterbliches Tier, sondern die Verkörperung des Blauen Pferdes. Vor drei Monaten war Lilly auf eine uralte Zauberformel gestoßen, mit deren Hilfe Moonlight wieder in sein wahres Ich schlüpfen konnte. Und nun war er fort, zurückgekehrt ins Meer, aus dem er ursprünglich gekommen war. Doch er hatte ihr ein Geschenk hinterlassen. Traurig betastete Lilly den kleinen blaugrünen Anhänger aus Glas, der an einem silbernen Kettchen an ihrem Handgelenk baumelte. Es war ihr Talisman, drei einzelne Glasfragmente, die auf wundersame Weise miteinander verschmolzen waren. Dieser Anhänger war zugleich auch ihr Schutz vor einem anderen, bösen Zauberwesen – dem Geist des Unheil bringenden Grauen Pferdes.

Das Blaue und das Graue Pferd waren seit Urzeiten erbitterte Gegner. Über Jahrhunderte hinweg war der Geist des Grauen Pferdes sicher in einer kleinen Tonfigur eingesperrt gewesen. Doch letzten Herbst, als Lilly zu ihrer Großmutter gezogen war, hatte sie eine schreckliche Dummheit begangen. *Hüte den Stein, der mich umschließt* ... Sie musste an die ersten Worte des alten Verses denken, der in Nans Familienbibel stand. Sie, Lilly, hätte die Hüterin dieser Figur sein müssen, genau wie die Frauen in ihrer Familie vor ihr. Stattdessen hatte sie die Figur versehentlich fallen lassen, und das Graue Pferd war freigekommen. Solange es Lilly nicht gelang, es wieder einzufangen und einzusperren, schwebte sie in tödlicher Gefahr. Dreimal hatte sie nun schon dem Grauen Pferd gegenüber gestanden, und jedes Mal hatte das Blaue Pferd sie gerettet. Obwohl Moonlight nicht mehr da war, erinnerte ihr Talisman Lilly daran, dass sein Geist stets über sie wachte und dass er zurückkehren würde, wenn sie ihn brauchte.

Tränen traten ihr plötzlich in die Augen, und sie blinzelte sie rasch weg. Dann, nach einem letzten Blick auf die Weide und die grasenden Pferde, drehte sie sich abrupt um und eilte den Talweg hinunter.

Die Wahl zur Dorffestprinzessin sollte im Freien, auf dem Sportplatz, abgehalten werden. Man hatte ein Festzelt aufgebaut, für die Musik war eine Band bestellt, und alle drückten die Daumen, dass es nicht regnen würde. Der Sommer hatte bisher sehr zu wünschen übrig gelassen, war viel zu windig und zu nass gewesen. Und obwohl es auch an diesem Abend eher kühl und bewölkt war, blieb es zumindest trocken.

»Laut Wettervorhersage soll es bald besser werden«, sagte Joel, als er und Lilly aus Nans kleinem Wagen stiegen.

»Hoffen wir's!« Lilly fröstelte, obwohl sie eine warme Fleecejacke trug. Sie wünschte, sie hätte noch einen dicken Pulli darunter angezogen.

»Mir tun vor allem die Urlauber leid«, fuhr Joel fort. »Jeden Tag kommen neue an. Ich wette, sie bereuen, dass sie ihre Reise nicht nach Spanien oder Italien gebucht haben.«

Nan blieb stehen, um sich mit einer Bekannten zu unterhalten, und Lilly und Joel gingen allein weiter zum Sportplatz, wo sich die Teilnehmerinnen an der Wahl zur Prinzessin für ihren Auftritt fertig machten. Es waren Mädchen aus der Dorfschule, und eine von ihnen, ein Mädchen mit langen, rotgoldenen Haaren, winkte Lilly und Joel zu.

»Schau, da ist Hannah!« Lilly winkte zurück. »Hoffen wir, dass sie gewinnt!«

»Was, Hannah Roskear?«, fragte Joel spöttisch. »Sie weiß ja nicht einmal, wo bei einem Pferd vorne und hinten ist!«

»Unsinn! Es gibt im Leben doch noch andere Dinge als Pferde! Und außerdem ...«, ein Schatten huschte über Lillys Gesicht, »... ist sie wenigstens nicht wie Marga.«

Auch Joels Miene verfinsterte sich, als er an den letzten Winter zurückdachte. Kurz nach Weihnachten war ein fremdes Mädchen an Lillys Schule aufgetaucht, und weil er Lillys Ängste nicht ernst genommen hatte, wäre es beinahe zu einer schrecklichen Katastrophe gekommen. Hannah dagegen war schon hier im Dorf geboren, und ihr Vater war Fischer. Nein, sie war mit Sicherheit nicht wie Marga ...

Joel wollte sich für seine Bemerkung entschuldigen, doch seine Worte gingen unter, als die Band zu spielen begann. Ihre Musik war wirklich gut, und schon beim zweiten Stück war das Thema Marga vergessen. Sie spielten drei Lieder, dann trat der Pfarrer des Dorfes an das Mikrofon, das vor dem Festzelt aufgestellt war, und die Wahl zur Prinzessin begann.

Die Kandidatinnen gingen wie bei einer Modenschau zweimal auf und ab, ehe die sechs Finalistinnen gewählt wurden. Sie trugen Sommerkleider und wirkten etwas verfroren. Hannah war eine der sechs, und Lilly hätte schwören können, dass sie mit den Zähnen klapperte. Die Band spielte ein weiteres Lied, während die Schiedsrichter sich leise berieten und sich schließlich zunickten. Der große Moment war gekommen!

»Es ist mir eine Freude, euch mitteilen zu können ...«, sagte der Pfarrer über die knisternde Lautsprecheranlage, »dass die diesjährige Dorffestprinzessin ... Hannah Roskear heißt!«

Hannah stieß einen Freudenschrei aus, die anderen Anwesenden klatschten Beifall. Sobald sich die erste Aufregung gelegt hatte, rannte Lilly los und fiel Hannah um den Hals.

»Ich hab gewusst, dass du es wirst!«, rief sie. »Gratuliere!«

Joel, der ihr etwas langsamer gefolgt war, beglückwünschte Hannah ebenfalls, zupfte dann an ihren Haaren und sagte, eigentlich dürfte sie sich nicht Dorffest-, sondern Karottenprinzessin nennen. Hannah schnitt eine Grimasse, und Joel meinte: »Wetten, dass du dich nicht traust, während des Festumzugs so dämlich zu gucken?«

»Klar, sonst würde ich ja eure Pferde zu Tode erschrecken!«, gab Hannah lachend zurück. »Aber sag schon, welches wird meine Kutsche ziehen? Hoffentlich ist es einer Prinzessin würdig!«

Lilly sah Joel traurig an. Er hatte ihr erzählt, dass Moonlight in den letzten Jahren die Kutsche gezogen hatte. Aber das würde leider nie mehr der Fall sein ...

Joel ahnte, was Lilly durch den Kopf ging, und drückte verstohlen ihre Hand.

»Keine Bange«, sagte er grinsend zu Hannah, »ich werde dafür sorgen, dass du unser reizbarstes und schwierigstes Pferd bekommst. Ihr müsst charakterlich ja schließlich zusammenpassen!«

Das Geplänkel zwischen den beiden ging noch eine Weile weiter, und Lillys Traurigkeit war bald wieder verflogen. Etwas später, als Hannah von ihren stolzen Eltern in Beschlag genommen wurde, sagte Joel: »Lilly, warum hast du dich denn eigentlich nicht beworben? Ich gehe jede Wette ein, dass du gewonnen hättest!«

Lilly freute sich über das Kompliment, doch das ließ sie sich natürlich nicht anmerken. »Unsinn«, sagte sie und lachte. »Außerdem hätte ich es nicht richtig gefunden. Ich bin keine Einheimische. Ich bin ja nur für ein Jahr hier. Nach den Sommerferien kommen meine Eltern aus Kanada zurück, und dann ziehe ich wieder von hier weg.«

Sie seufzte. Sie vermisste ihre Eltern und konnte es kaum erwarten, sie wiederzusehen. Aber wenn sie dann mit ihnen zurück in die Stadt zog, würde ihr der Abschied von Cornwall sicherlich sehr schwerfallen. Bei ihrer Großmutter fühlte sie sich wohl. Sie waren richtig gute Freundinnen geworden.

Außerdem gab es für sie hier noch eine wichtige Aufgabe. Denn das Graue Pferd war noch nicht besiegt. Das Blaue Pferd war zwar inzwischen stark genug, um seinen zerstörerischen Gegner in Schach zu halten. Aber Lilly war klar, dass die Ruhe nicht ewig anhielt. Das Graue Pferd würde wiederkommen. Und was wäre, wenn die Gefahr noch nicht gebannt war, wenn sie Cornwall wieder verlassen musste? Was würde aus den Menschen an diesem Küstenstrich werden?

Joel riss Lilly aus ihren Gedanken.

»Na schön«, sagte er, »wenn du schon nicht unsere Dorffestprinzessin bist, dann nimmst du doch hoffentlich am Festumzug teil!«

»Meinst du?«, fragte Lilly überrascht.

»Klar doch! Hab ich es dir noch nicht gesagt? Die Prinzessin hat immer auch ein Gefolge. Zwei Reiter.« Er grinste. »Und das sind natürlich du und ich!«

»Oh!« Lilly blinzelte. »Und was müssen wir da machen?«

»Wir tragen ein Kostüm, reiten vor der Kutsche her und rufen: ›Macht Platz für Ihre Majestät, die Prinzessin!‹, und solche Sachen. Es ist ganz lustig. Ich mache es schon seit Jahren, und meine Mutter meint, es sei sicher interessant für dich, diesmal auch teilzunehmen. Hast du Lust?«

»Ja, klar!« Lilly war begeistert. »Nan wird staunen!«

»Schau mal, da steht sie.« Joel zeigte über den Sportplatz. »Komm, wir gehen zu ihr und fragen sie, ob sie eine gute Idee für unsere Kostüme hat!«

An diesem Abend riefen Lillys Eltern an. Lilly sprudelte fast über vor Begeisterung, als sie ihnen erzählte, dass sie am Festumzug teilnehmen würde. Als sie den Hörer schließlich auflegte, gähnte sie lange und genüsslich. Nan lachte.

»Du bist ja ganz müde vor lauter Vorfreude«, sagte sie. »Und dabei war heute erst dein erster Ferientag. Ich bin gespannt, wie erschöpft du am Ende der Ferien sein wirst.«

»Ich bin tatsächlich ziemlich müde«, gab Lilly zu. »Ich glaube, ich gehe ins Bett.«

»Gute Idee!«, sagte Nan und zwinkerte ihr zu. »Ich muss

an einem Bild weiterarbeiten und hätte nichts gegen einen ruhigen Abend.«

»Was für ein Bild?«, fragte Lilly. »Wieder ein Pferdebild?«

»Nein, diesmal nicht. Jemand hat ein Porträt von zweijährigen Zwillingen bestellt.« Nan war Malerin und nahm manchmal auch Auftragsarbeiten an. »Verzogene kleine Ungeheuer! Ich bin heilfroh, wenn ich damit fertig bin.«

»Arme Nan!«, sagte Lilly mit einem mitfühlenden Grinsen. »Dann Gute Nacht. Wir sehen uns morgen früh.«

Lillys Zimmer ging zum Garten hinaus, der schon im Halbdunkel lag, obwohl der Himmel im Westen noch hell war. Baggins, Nans schwarzer Kater, lag zusammengerollt auf Lillys Bettdecke. Eigentlich hatte er in den Schlafzimmern nichts zu suchen, doch seit Lilly hier wohnte, nahm Nan es mit dieser Regel nicht mehr so genau. Baggins begrüßte Lilly mit einem verschlafenen »Miau« und rollte sich auf den Rücken, damit Lilly ihm den Bauch kraulen konnte.

Nachdem sie den Kater eine Weile gestreichelt hatte, ging Lilly ins Bett. Doch bevor sie sich hinlegte, drehte sie noch einmal den Kopf und betrachtete das große Bild an ihrer Wand. Es war eines der Bilder, die Nan gemalt hatte. Es zeigte das Meer bei Mondschein und ein weißes Pferd, das gerade aus den Wellen galoppiert kam. Das Bild war in verschiedenen Blautönen gehalten, und sogar das Fell des Pferdes schimmerte silbrig-bläulich. Lilly lächelte. Das Blaue Pferd. Moonlight ... Nan wusste von ihren Gefühlen. Sie hatte Lilly von Anfang an verstanden.

Lilly knipste die Nachttischlampe aus, kuschelte sich unter die Decke und schloss die Augen.

2. Kapitel

Lilly war bewusst, dass sie träumte, aber sie schaffte es nicht aufzuwachen. Sie träumte häufig von Moonlight, und es waren merkwürdige, traurige Träume, in denen sie endlos nach ihm suchte und immer wieder seinen Namen rief. Doch sie fand ihn nie. Dieser Traum war jedoch anders. Darin rannte sie voller Verzweiflung durch die Dunkelheit, es war stürmisch und kalt, und hinter ihr türmte sich eine gewaltige Flutwelle auf, die sie unter sich zu begraben drohte. Lilly sah die Welle zwar nicht, aber sie wusste genau, dass sie da war. Auch diesen Albtraum hatte Lilly schon mehrmals gehabt, doch heute Nacht war er etwas anders als früher. Obwohl die Flutwelle sie wieder verfolgte, schien sie weniger gefährlich, fast nur wie eine schwache Erinnerung. Und dann war da noch ein neues Element in ihrem Traum, ein riesiger Fels, der sich mitten aus dem Meer erhob und von Wellen umspült wurde. Lilly kannte diesen Felsen, in der realen Welt so gut wie in ihrem Traum. Er ragte etwa eine Meile vor der Küste aus dem Wasser, und die Einheimischen nannten ihn den Löwenfelsen. Wenn der Wind heulte, sagten sie: »Der

Löwe brüllt.« Jetzt, in ihrem Albtraum, brüllte er so laut wie hundert Löwen auf einmal, und der Lärm hallte in Lillys Ohren wider, während sie rannte und rannte. Doch ihre Füße waren bleischwer und sie kam kaum von der Stelle. Über das Tosen des Windes und der Wellen hinweg glaubte Lilly eine Stimme zu hören, die immer wieder rief: *Finde mich! Finde mich! Finde mich!*

Lilly war heilfroh, als sie schließlich aufwachte und es schon hell im Zimmer war. Der Traum löste sich in nichts auf, und Lilly lachte erleichtert auf, als sie feststellte, dass es sich bei dem Gewicht an ihren Füßen um Baggins handelte, der vermutlich die ganze Nacht darauf geschlafen hatte.

Vorsichtig zog sie ihre Füße weg (Baggins bemerkte es nicht einmal), stieg aus dem Bett und zog die Vorhänge zurück. Sie war enttäuscht, als sie sah, dass der Himmel wieder bedeckt war und der Wind sich nicht gelegt hatte. In der Ferne war leise das Meer zu hören – das tiefe, regelmäßige Rauschen, das entstand, wenn sich große Brecher heranwälzten und am Strand überschlugen. Der Löwe würde heute wieder besonders laut brüllen.

Das Geklapper aus dem Erdgeschoss sagte ihr, dass Nan auch schon wach war und gerade das Frühstück zubereitete. Lilly war hungrig und zog sich schnell an. Dabei musste sie an den Löwenfelsen denken. In den Osterferien hatte eine Reihe von Erdstößen die Gegend erschüttert. Es war das Werk des Grauen Pferdes gewesen, das eine schreckliche Verkettung von Ereignissen zur Folge hatte, die letztendlich zu Moonlights Verwandlung geführt hatten. Und als alles vorbei war, hatte sich noch etwas verändert: Der früher so massive Löwenfels war in zwei Teile gespalten. Die Dorfbewohner konnten es kaum erwarten, sich den zweigeteilten Löwenfelsen aus der Nähe anzusehen. Doch das Meer war seit Monaten so stürmisch, dass sich kein Boot hinausgewagt hatte, und deshalb hatten sie ihn bisher nur aus der Ferne bestaunen können. Doch sobald sich das Wetter besserte, würde sich das ändern. Lilly dachte wieder an die Stimme, die *Finde mich* ... geflüstert hatte. Sie hatte das sichere Gefühl, dass es die Stimme des Blauen Pferdes gewesen war, die sie gerufen hatte. Doch aus welchem Grund? Die Antwort auf diese Frage konnte nur etwas mit dem Löwenfelsen zu tun haben.

Lilly war noch nie auf einem Boot gewesen. Aber sie wollte sich den Felsen aus der Nähe ansehen. Sie musste ihn sehen!

»Lilly!«, rief Nan aus der Küche. »Bist du schon wach? Das Frühstück ist gleich fertig.«

»Ich komme, Nan!«, rief Lilly zurück.

Sie schaute auf das Bild des Pferdes, das aus dem mondbeschienenen Meer galoppiert kam. Und sie dachte an ihren Traum zurück und an den Löwenfelsen.

Doch dann schob sie diese Gedanken entschlossen zur Seite und rannte die Treppe hinunter.

Es war noch nicht sommerlich heiß, aber das Wetter war doch so gut, dass Lilly am liebsten nur bei den Pferden gewesen wäre. Im Winter, als nur wenige Urlauber zum Reiten in den Reitstall gekommen waren, hatten Joel und sie nach Herzenslust ausreiten können. Doch nun, zu Beginn der Urlaubssaison, waren die Pferde sehr oft ausgebucht. Heute war wieder so ein typischer Tag, denn als Lilly zum Reitstall kam, sah sie Mrs Richards gerade mit einer Schar von Reitern durch das Tor kommen, die zweifellos zu einem Morgenritt aufbrachen.

Joel war im Geräteraum und polierte Sättel. »Ich muss heute Morgen alle Steigbügel und Metallteile putzen«, sagte er und verzog das Gesicht.

»Ich helfe dir.« Lilly holte die Politur und einen sauberen Lappen vom Regal. Für eine Weile saßen sie schweigend da und waren in ihre Arbeit vertieft. Irgendwann sagte Joel: »Übrigens, Mum hat gesagt, ich soll dich fragen, ob du immer noch Lust hast, uns beim Strandfest zu helfen.«

Lilly hatte bisher noch nie an einem Urlaubsort gewohnt und war überrascht, wie viele Dinge in den Sommermonaten im und um das Dorf herum organisiert wurden. Das Dorffest würde eine ganze Woche dauern, und jeden Tag sollten mehrere Aktivitäten angeboten werden. Zwei Wochen vorher würde ein Strandfest stattfinden, mit Spielen, Musik, Vorführungen, Wettschwimmen und Wettsurfen und – falls das Wetter es bis dahin erlauben würde – Bootsfahrten von der kleinen Bucht aus. Die Richards wollten Kinderreiten am Strand anbieten und hatten Lilly schon gefragt, ob sie mithelfen würde. Sie nickte begeistert.

»Natürlich! Ich freue mich schon darauf.« Sie hörte auf zu polieren und runzelte die Stirn. »Einen Schwimmwettbewerb gibt es auch, oder?«

»Wenn das Meer ruhig genug ist, ja.«

»Dein Vater hat mir davon erzählt. Er hat gesagt, die Teilnehmer würden in Booten zum Löwenfelsen gefahren werden und dann von dort aus zurückschwimmen.«

»Richtig. Dad will auch mitmachen.« Da bemerkte Joel ihre Miene. »Hey, was ist los, Lilly? Du siehst aus, als würde dich etwas bedrücken.«

»N-nein«, antwortete Lilly zögernd. »Ich habe mich nur gerade gefragt, ob man den Löwenfelsen von einem Boot aus gut sehen kann.«

»Ah.« Joel begriff. »Nun ja, darüber würde ich mir an deiner Stelle nicht den Kopf zerbrechen.« Er schaute aus dem Fenster. »Bei einem Wetter wie heute werden die Boote gar nicht erst losfahren. Komm, sehen wir lieber zu, dass wir mit der Arbeit fertig werden. Sally-Ann und Lark sind heute Nachmittag frei, und Mum hat gesagt, wir können sie eine oder zwei Stunden haben, wenn wir sie nicht überanstrengen.«

»Super!«

Lilly schüttelte ihre Besorgnis ab. Seit Moonlights Verschwinden war Lark, eine hübsche kleine braune Stute mit einem weißen Stern an der Stirn und vier weißen Fesseln, ihr neuer Liebling. Natürlich würde Lark Moonlight nie ersetzen können, aber sie war sanft, gutmütig und gut zu reiten.

Das morgendliche Arbeitspensum dauerte länger als geplant, weil Lilly an der Werkbank einen Splitter in die Hand bekam. Zum Glück war Mr Richards in der Nähe. Er zog den Splitter mit einer Pinzette heraus, desinfizierte die Wunde und klebte zur Sicherheit noch ein Pflaster darauf. Lilly tat die Hand noch eine Weile weh, doch sie versuchte, nicht darauf zu achten, und setzte ihre Arbeit fort. Dann, nach einem Sandwich zum Mittagessen, stieg Lilly auf Larks und Joel auf Sally-Anns Rücken, und sie verließen den Hof.

Sie ritten das Tal hinauf bis zur Straße, überquerten sie und gelangten auf eine große Wiese, die mit Heidekraut und Stechginster überwuchert war. Hier war früher ein großes Zinnbergwerk gewesen, und die vielen Wege waren so eben, dass man gut galoppieren konnte. Außerdem gab es auch noch ein paar alte, halb verfallene Steinmauern, über die man wunderbar springen konnte. Lilly hatte noch nicht viel Erfahrung im Springen und war noch nie über Hindernisse gesprungen, die höher als dreißig Zentimeter waren. Jetzt ließ Joel sie alle Gangarten ausprobieren. Er zügelte Sally-Ann und schaute Lilly zu, wie sie auf Larks Rücken im langsamen Galopp auf eine der Mauern zuritt und darübersetzte.

»Nicht schlecht!«, rief er. »Du musst dein Gewicht nur noch etwas mehr nach vorn verlagern, bevor Lark abhebt. Das ist eine Hilfe für sie, und außerdem kannst du dann besser das Gleichgewicht halten. Versuch es noch einmal!«

So verbrachten sie eine vergnügliche Stunde. Zum Schluss konnte Lilly zu ihrer eigenen Überraschung mühelos über eine Mauer setzen, die doppelt so hoch war wie alle Hindernisse, die sie sich bisher zugetraut hatte.

»Ich denke, du kannst es bald mal auf unserer Koppel probieren«, sagte Joel. »Ich werde Mum fragen.«

Lilly rückte ihre Reitkappe zurecht und lächelte. »Das wäre super!« Sie streichelte Larks Hals. »Sie springt wirklich gut, nicht wahr?«

»Oh ja, sie hat schon etliche Preise gewonnen.« Joel grinste. »Traust du dir die Mauer dort drüben auch zu?«

Lilly nickte. Sie wendete Lark und führte sie in regelmäßigem, langsamem Galopp auf das Hindernis zu. *Gewicht nach vorn verlagern, Hände tiefer halten ...*

Ohne Vorwarnung schoss plötzlich etwas Kleines unter einem Stechginsterstrauch hervor und flitzte direkt vor ihr über den Weg. Lark scheute, strauchelte, und noch ehe Lilly reagieren konnte, wurde sie kopfüber aus dem Sattel geschleudert. Sie landete direkt vor Larks Vorderbeinen und rollte sich instinktiv zur Seite. Die Hufeisen verfehlten ihren Kopf nur um wenige Zentimeter.

»Lilly! Alles in Ordnung?« Joel rannte zu ihr und half ihr wieder auf die Beine, während Lark schnaubend ein paar Schritte weiter stehen blieb.

»J-ja, ich denke schon ...« Lilly rieb sich die schmerzende Schulter. »Was war das für ein Tier?«

»Keine Ahnung. Für ein Kaninchen war es zu klein. Vielleicht ein Wiesel. Allerdings habe ich hier noch nie eines gesehen.« Joel griff nach Larks Zügeln. »Bist du wirklich okay?«

»Ja.« Lilly nickte. »Nichts passiert.«

Als sie wieder aufstieg meinte Joel: »Du scheinst heute etwas unfallgefährdet zu sein. Zuerst die Sache mit dem Splitter und jetzt das. Sei vorsichtig, ja?«

Unfallgefährdet ... Eine unangenehme Erinnerung durchzuckte Lilly. Kleine Missgeschicke und Malheurs ... das hatte sie alles schon einmal erlebt. War es vielleicht eine Warnung des Grauen Pferdes?

Sie schob den Gedanken beiseite und sagte sich, dass die Sache mit dem Splitter und dem Wiesel sicher nur ein Zufall gewesen war. Ihr war nichts Ernsthaftes passiert, und um sich wieder Mut zu machen, sagte sie: »Wie wäre es mit einem schönen Galopp, bevor wir uns auf den Heimweg machen?«

Joel schien erleichtert. »Gute Idee!«, rief er und fasste die

Zügel kürzer. »Galoppieren wir zu den Stechginstersträuchern dort neben der Straße!«

Beide Pferde preschten los. Kleine Steinchen wurden von den Hufen aufgewirbelt. Sie ritten nicht um die Wette, denn der Weg war zu schmal zum Überholen. Aber das schnelle Tempo, das Trommeln der Hufe, das Klappern des Zaumzeugs und der Wind in ihren Haaren waren berauschend. Lilly trieb Lark zu einem noch schnelleren Tempo an und stellte sich vor, sie würde an einem wichtigen Rennen teilnehmen, und Hunderte von Menschen würden sie anfeuern. Viel zu schnell erreichten sie die Stechginstersträucher, verlangsamten das Tempo und hielten die Pferde schließlich an, damit sie sich erholen konnten.

»Ich bin genauso außer Puste wie sie«, sagte Lilly keuchend. »Der Wind kam mir wie ein Orkan vor, so schnell sind wir geritten!« Sie atmete tief ein. »Puh! Das war vielleicht lustig!«

»Hey, schau mal!«, rief Joel und zeigte nach oben. »Der Himmel klart auf. Dort über dem Meer ist ein blauer Streifen zu sehen. Vielleicht wird es doch noch Sommer!«

Lilly schaute in die Richtung, in die er zeigte. Es stimmte, inmitten des vielen Graus zeigte sich ein blauer Fleck. Wenn das kein gutes Omen war! Sie brauchte sich keine Sorgen zu machen, dass ihr weitere Missgeschicke zustoßen würden!

Sie lächelte vor sich hin, als sie die Straße überquerten, um über den Talweg wieder nach Hause zu reiten.

3. Kapitel

Zur großen Freude aller Dorfbewohner stellte sich die Wettervorhersage als richtig heraus. Innerhalb der nächsten zwei Tage legte sich der Wind, sodass nur noch eine sanfte Brise zu spüren war, und die grauen Wolken machten einem strahlend blauen Himmel Platz.

Lilly und Joel waren die meiste Zeit mit den Vorbereitungen für den Strandtag und das Dorffest beschäftigt. Eines Morgens, als Lilly gerade auf dem Weg zum Reitstall war, hörte sie auf der Straße oberhalb des Weges ein lautes Motorgeräusch. Sie hob den Kopf und sah einen Geländewagen mit Anhänger, der Richtung Strand fuhr. Und auf dem Anhänger befand sich ein Boot mit Außenbordmotor. Wollte da vielleicht jemand mit dem Boot zum Löwenfelsen fahren? Lilly blickte dem Geländewagen nach, bis er hinter der nächsten Kurve verschwunden war. Eine Weile stand sie reglos da und grübelte. Dann setzte sie ihren Weg zum Reitstall fort.

»Ein grauer Geländewagen?«, sagte Joel, während er Jester aufzäumte. »Das kann nur Mr Thomas aus dem Dorf gewesen sein. Er hat ein Boot. Das Meer muss sehr ruhig geworden sein, wenn er sich hinauswagt.«

»Können wir nicht zum Strand reiten?«, fragte Lilly.

Er schüttelte den Kopf. »Du kannst ja gehen, wenn du unbedingt willst. Aber hast du nicht versprochen, dass du mir heute Morgen bei den Stallarbeiten hilfst?«

Lilly seufzte. Versprochen war versprochen, und sie konnte Joel nicht im Stich lassen. Aber andererseits wollte sie unbedingt herausfinden, wie es am Strand aussah.

»Hör mal, Lilly«, fuhr Joel freundlicher fort, »wenn Mr Thomas tatsächlich zum Löwenfelsen fährt und etwas entdeckt, wird es früher oder später sowieso das ganze Dorf erfahren.«

»Ich weiß.« Lillys Stimme klang etwas spitz. »Aber ...« Sie musste wieder an ihren Traum denken. Das Blaue Pferd rief sie, dessen war sie sich ganz sicher. Und sie musste unbedingt herausbekommen, aus welchem Grund.

Sie hatte Joel nichts von diesem Traum erzählt, doch er merkte, wie nervös sie war. Deshalb sagte er: »Okay, weißt du was? Wenn es dir so wichtig ist, gehen wir nach dem Mittagessen hin. Vielleicht können wir sogar hinreiten. Ich schau mal auf unserer Liste nach, ob zwei der Pferde heute Nachmittag frei sind. Und wenn nicht, gehen wir eben zu Fuß. Mach nicht so ein Gesicht. Mr Thomas ist sicher stundenlang draußen, er wird also erst am Nachmittag zurückkommen.«

Lilly zögerte etwas, nickte dann aber. »Gut.« Sie musterte ihn. »Komisch, ich hätte gewettet, dass du auch neugierig darauf bist zu erfahren, was mit dem Löwenfelsen los ist.«

»Klar, bin ich auch.« Joels Stimme klang heiter, doch seine Miene war ernst. »Glaub mir. Aber andererseits ... hm, sagen wir mal, ich habe es nicht so eilig, mit der Wahrheit konfrontiert zu werden.«

»Warum nicht?«, fragte Lilly überrascht.

Joel starrte zu Boden. »Weil ich das Gefühl habe, dass – falls wir etwas herausfinden ... na ja, dass die ganze Sache wieder von vorn anfängt. Wir beide wissen, dass das Graue Pferd noch in der Nähe ist. Es könnte sich herausgefordert fühlen.« Endlich hob Joel den Kopf und sah Lilly an. »Und davor hab ich – ehrlich gesagt – Angst, Lilly. Große Angst sogar.«

Dandy und Sally-Ann waren erst ab vier Uhr gebucht, und Mrs Richards erlaubte Lilly und Joel, nach dem Mittagessen für eine Weile zum Strand zu reiten, sofern sie in einer Stunde wieder zurück seien. Lilly entschied sich für Sally-Ann, da am Strand vermutlich einiges los war und Dandy bei so vielen Menschen schnell nervös wurde.

Schon von Weitem konnten sie sehen, dass der Parkplatz fast voll war. Vorsichtig ritten sie an den Autos vorbei, wobei Dandy schnaubte und immer wieder auszubrechen versuchte. Und an der steinigen Böschung, die zum Sandstrand hinunterführte, blieb er störrisch stehen.

Es war Ebbe, das Wasser hatte sich von den beiden zerklüfteten Landspitzen zurückgezogen. Der Strand selbst war ein einziges Farbenmeer. Strandlaken, Windsegel, Liegestühle, Handtücher, Badeanzüge – wohin man auch schaute, sah man Feriengäste, die das schöne Wetter genossen. Im Wasser markierten Stangen mit rot-gelben Flaggen den Badebereich, und Bademeister überwachten die Schwimmer und Surfer.

»Puh!« Dandy versuchte nun rückwärts zu gehen, und Joel hatte Mühe, ihn unter Kontrolle zu halten. »Dabei hat die Saison noch nicht mal begonnen! Na ja, ich denke, hinter der Landspitze ist es etwas ruhiger.«

Lilly gab keine Antwort. Sie starrte über die Badegäste hinweg aufs Wasser, zum Löwenfelsen hinüber. Zu ihrer großen Enttäuschung konnte sie weit und breit kein Boot entdecken. Zum Glück aber auch keine donnernden Riesenwellen mit weißen Schaumkronen, sondern nur harmlose flache Wellen, die langsam auf den Strand zu rollten. Das Meer war so ruhig, dass sich selbst kleine Boote unbesorgt hinauswagen konnten. Aber vielleicht hatte es sich Mr Thomas ja anders überlegt. Oder er hatte gar nicht hinausfahren wollen.

Doch dann sah sie den Anhänger. Er stand im Sand, unweit der Gezeitenlinie. Und erst da erblickte sie das Boot, das Kurs auf den Strand genommen hatte und fast schon im flachen Wasser angelangt war.

Andere hatten es offenbar auch gesehen, denn mehrere Leute liefen herbei, um das Boot an Land ziehen zu helfen.

»Weiter, Sally-Ann!«, sagte Lilly aufgeregt und stieß der braunen Stute die Fersen in die Flanken.

Ohne auf Joel zu warten, trieb Lilly ihr Pferd die steinige Böschung hinunter. Am Strand angelangt, musste sie sich richtig beherrschen, um Sally-Ann nicht zu einem Galopp anzutreiben. Sie hörte Dandys Zaumzeug hinter sich klirren, drehte sich aber nicht um, als sie vorsichtig durch die Grüppchen von Sonnenanbetern und Kindern ritt, die Sandburgen bauten. Fast alle Kinder hoben die Köpfe und blickten ihr neidisch nach, doch Lilly bemerkte es nicht. Ihre ganze Aufmerksamkeit galt dem Anhänger in der Ferne und vor allem dem Boot, das nun mit der Brandung auf das Ufer zukam.

Bald schon hatte Lilly die kleine Badebucht hinter sich gelassen und erreichte den breiten Sandstrand. Da Ebbe war, breitete sich links und rechts von ihr eine beeindruckend große Sandfläche aus, doch Lilly achtete nicht darauf. Sally-Ann begann zu traben. Das Boot war inzwischen am Ufer angelangt und wurde von hilfsbereiten Händen an Land gezogen. Lilly hatte noch nie mit Mr Thomas gesprochen und kannte ihn nur vom Sehen. Als er nun ins flache Wasser sprang, sah sie ihn aufgeregt mit den anderen reden. Weitere Leute kamen herbeigeeilt, jemand winkte, und einer der Bademeister rannte zu ihnen.

»Lilly!«, hörte sie Joel rufen, doch sie ignorierte ihn.

Sie trieb Sally-Ann zu einem langsamen Galopp an und hielt erst an, als sie bei der kleinen Gruppe ankamen. Nun konnte sie hören, was Mr Thomas sagte.

»... genau in der Mitte gespalten, unglaublich! Der Graben ist so breit, dass ein kleines Boot ohne Weiteres durchfahren kann. Und das weiß ich, weil ich es nämlich getan habe!«

Lilly lehnte sich im Sattel vor, um besser hören zu können. Wenig später tauchte Dandy neben ihr auf, und Joel sagte: »Lilly, du hättest nicht ...«

»Psst!«, zischte sie. »Ich muss das hören!«

»... sieht aus wie ein Schweizer Käse – alles voller Löcher und Risse, so viele, dass man sie gar nicht zählen kann.«

»Dann war der Felsen sicher schon länger rissig«, sagte einer der Umstehenden beeindruckt. »Und bei den Erdstößen neulich ist er dann auseinandergebrochen.«

Mr Thomas nickte zustimmend. »Aber ich würde trotzdem niemandem raten, durch den Graben zu fahren, wenn er sich seiner Sache nicht hundertprozentig sicher ist. Selbst an einem ruhigen Tag wie heute herrscht da eine unheimliche Strömung. Und bei hohem Seegang könnte das Ganze tödlich enden!«

Wie aus dem Nichts tauchten plötzlich zwei kleine Mädchen neben Lilly auf, schauten andächtig zu ihr hoch, und eines von ihnen fragte: »Dürfen wir dein Pferd mal streicheln?«

»Wie bitte?« Lilly zuckte zusammen. »Oh – ja, meinetwegen!«

Sally-Ann senkte den Kopf und schloss genüsslich die Augen, als die beiden Mädchen ihren Hals streichelten.

»Dürfen wir auch mal reiten?«, fragte das kleinere Mädchen.

Lilly wusste nicht recht, was sie sagen sollte, doch Joel nahm ihr die Antwort ab. »Heute nicht«, sagte er, »aber nächste Woche beim Strandfest gibt es Kinderreiten.«

»Wir sind nur in den Ferien hier«, sagte die Kleine und sah stirnrunzelnd zu ihrer großen Schwester auf. »Aber nächste Woche sind wir noch da, oder?«

Die Ältere nickte, und Joel lächelte. »Super«, sagte er. »Wenn ihr dann kommt, könnt ihr reiten.«

Zufrieden schlenderten die beiden Mädchen zurück. Zu Lillys Verärgerung hatte Mr Thomas seinen Bericht inzwischen beendet. Er und einige der Männer waren schon dabei, das Boot auf den Anhänger zu verfrachten.

»Oh, diese Kinder!«, schimpfte Lilly leise vor sich hin. »Jetzt hab ich verpasst, was er sonst noch erzählt hat!«

»Lilly!« Joel beugte sich auf Dandys Rücken vor und fasste sie am Arm. »Du hast das Wichtigste gehört und weißt jetzt, dass der Fels komplett gespalten ist. Das reicht doch vorerst, oder?«

Lilly blinzelte. Joel hatte recht. Merkwürdig. Irgendwie war sie davon überzeugt gewesen, dass es mehr zu entdecken geben würde und dass Mr Thomas etwas hätte sehen müssen, das ihr weiterhelfen würde. Insgeheim hatte sie damit gerechnet, dass es einen Hinweis auf diese geheimnisvolle Verbindung geben müsste, die der Löwenfels offenbar zu dem Blauen und dem Grauen Pferd hatte. Wie dumm von ihr! Wenn der Löwenfels tatsächlich etwas mit dem Kampf der Geisterpferde zu tun hatte, dann würde Mr Thomas es nicht aufdecken. Der Fels wartete auf jemand anderen. Er wartete auf sie.

Sie biss sich auf die Lippe und zwang sich zur Ruhe. »Entschuldige«, sagte sie zu Joel. »Ich benehme mich unmöglich.«

»Schon gut.« Er lächelte sie an. »Jedenfalls gibt es hier im Moment nichts mehr zu sehen. Und außerdem sind zu viele Leute unterwegs, um am Strand entlangzugaloppieren. Was meinst du – sollen wir umkehren?«

Lilly nickte, und sie wendeten ihre Pferde und ritten langsam zu der kleinen Bucht mit den vielen fröhlichen Urlaubern zurück. Lilly schwieg auf dem ganzen Heimweg und hing ihren Gedanken nach.

Der Löwenfels barg ein Geheimnis, und das Blaue Pferd wollte offenbar, dass sie es entdeckte. Aber das ging nur, wenn sie selbst dorthin kam. Wie sollte sie das bloß schaffen? Sie war wild dazu entschlossen, egal wie.

4. Kapitel

Lilly erzählte Joel nichts von ihrem Entschluss. Denn auch wenn er ihr glauben würde, dass der Löwenfels eine wichtige Rolle spielte, würde er ihr vermutlich doch nicht helfen, dorthin zu kommen. Nein, wenn sie das machen wollte, dann nur ganz allein. Aber wie?

Lilly dachte mehrere Tage lang über dieses Problem nach, fand aber keine Lösung. Dann, am frühen Samstagmorgen, kam ein Anruf von Hannah.

»Es geht um mein Prinzessinnenkleid«, jammerte Hannah. »Meine Mutter hat es genäht, aber es sitzt einfach nicht richtig! Glaub mir, Lilly, es sieht schrecklich aus, und Mum weiß auch keinen Rat mehr.« Sie klang ganz verzweifelt. »Deine Großmutter näht dir doch dein Kostüm, nicht wahr? Meinst du, sie könnte meines abändern, wenn ich es vorbeibringe?«

»Moment, ich frage sie.« Lilly legte den Hörer zur Seite und ging zu Nan, die sofort zusagte. Das sei doch selbstverständlich, sagte sie lächelnd.

»Super!«, rief Hannah erleichtert, als Lilly es ihr ausrichtete. »Ich bin in einer halben Stunde bei euch!«

Fünfundzwanzig Minuten später kam Hannah auf ihrem lilametallicfarbenen Fahrrad den Weg heruntergedüst. An der Gartentür von Chapel Cottage machte sie eine Vollbremsung, sprang ab und kam in die Küche gestürmt, wo Nan und Lilly gerade das Frühstücksgeschirr spülten.

»Hier ist es!« Hannah schwenkte eine große Plastiktüte, aus der Unmengen von Rüschen herauslugten. »Mrs Weston, Sie retten mir das Leben!«

»Nur keine Vorschusslorbeeren!«, sagte Nan schmunzelnd. »Meine Nähkünste sind etwas eingerostet. Am besten, wir gehen gleich mal in Lillys Zimmer, dann werden wir sehen, was ich tun kann.«

Wenig später stand Hannah mit ausgebreiteten Armen vor dem großen Spiegel in Lillys Zimmer, während Nan vor ihr kniete und mit Stecknadeln an ihrem Prinzessinnenkleid herumhantierte. Hannah quasselte dabei unaufhörlich.

»Hast du schon gewusst, dass es am Strandtag auch einen Schwimmwettbewerb gibt?«, fragte sie nun.

»Ja«, antwortete Lilly. »Joels Vater will daran teilnehmen.«

»Hey, klasse! Meiner will sein Boot zur Verfügung stellen, und ich darf mitfahren. Wir bringen einen der Wettkampfteilnehmer zum Löwenfelsen und begleiten ihn dann zurück. Weißt du, falls er irgendwann nicht mehr kann oder sonstwie Probleme kriegt.«

Lilly wurde hellhörig. »Ich wusste gar nicht, dass dein Vater ein Boot hat.«

»Ja, schon seit Jahren. Ich kann auch damit fahren ... na ja, zwar nicht segeln, aber es hat auch einen Außenbordmotor. Mit dem kann ich umgehen.« Ihre Augen blitzten auf. »Du, ich hab eine tolle Idee! Mr Richards könnte doch mit uns hinfahren! Dann können Joel und du auch mitfahren und ihn auf dem Rückweg vom Boot aus anfeuern!«

Das war die Gelegenheit, auf die Lilly so sehnsüchtig gewartet hatte. Gespannt blickte sie Nan an. »Ich darf doch, nicht wahr, Nan?«

»Ich dachte, du wolltest den Richards beim Kinderreiten helfen?«, nuschelte Nan, den Mund voller Stecknadeln.

»Schon, aber ...«

»Es dauert höchstens eine Stunde, Mrs Weston«, warf Hannah unterstützend ein. »Außerdem kann Lilly ja nicht den ganzen Tag arbeiten und selbst keinen Spaß haben, oder? Bitte!«

Nan nahm die Stecknadeln aus dem Mund. »Na ja, meinetwegen. Aber nur, wenn du eine Schwimmweste trägst, Lilly!«

»Mein Vater lässt niemanden ohne Schwimmweste an Bord«, versicherte ihr Hannah. »Er geht immer auf Nummer sicher.«

»Na schön, dann bin ich einverstanden.« Nan lächelte. »Das wird eine ganz neue Erfahrung für dich sein, Lilly. Und auch eine schöne Abwechslung zum Reiten.«

»Pah, Reiten.« Hannah verzog das Gesicht. »Ich würde mich im Leben nicht auf ein Pferd setzen. Ich hab viel zu viel Angst vor diesen riesigen Tieren.«

Lilly hingegen ängstigte die Vorstellung, in einem kleinen Boot auf dem offenen Meer zu sein, doch sie schob ihre Bedenken beiseite. Die Gelegenheit, so nah an den Löwenfelsen heranzukommen, würde sich vielleicht nie wieder bieten – und die würde sie sich nicht entgehen lassen, nur weil sie Angst hatte!

Hannah quasselte weiter, aber Lilly war so in ihre Gedanken versunken, dass sie gar nicht zuhörte. Plötzlich wurde sie aber wieder hellwach.

»... toll, wenn wir ihn überreden könnten, bis *direkt* zum Felsen zu fahren«, sagte Hannah gerade.

»Was?« Lillys Herz machte einen Sprung.

Hannah grinste. »Du warst wohl gerade mit deinen Gedanken ganz woanders! Ich habe gesagt, dass es toll wäre, wenn Dad uns direkt zum Löwenfelsen fahren würde. Durch die Erdstöße vor ein paar Wochen ist dort angeblich ein Graben entstanden, mitten durch den Felsen. Würdest du dir das nicht auch gern anschauen?«

Lilly spürte, dass ihre Großmutter sie ansah. Hatte sie ihre Gedanken erraten? Wusste sie, wie unglaublich wichtig es für Lilly war, sich den Felsen aus nächster Nähe anzuschauen?

Vorsichtig sagte sie: »Ähm, ja, das wäre toll.« Und ablenkend fügte sie noch hinzu: »Obwohl ich wahrscheinlich seekrank werde und mir dann gar nichts mehr anschauen möchte.«

»Ach, es wird schon schiefgehen. Dad sagt immer, wenn einem übel wird, soll man sich einfach übergeben, dann ist das Elend vorbei.« Hanna lachte. »Einmal war mir tatsächlich speiübel. Es war ziemlich stürmisch auf dem Meer, und ich hatte tüchtig gefrühstückt und deshalb ...«

»Danke, das reicht!«, fiel Nan ihr eilig ins Wort. »Hannah, solche Geschichten höre ich mir lieber nicht an, vor allem so kurz nach meinem Frühstück! Und jetzt halte still und zappele nicht ständig herum, sonst werden wir hier nie fertig.«

»Entschuldigung, Mrs Weston.«

Hannah verstummte und hielt still. Nur hin und wieder warf sie Lilly einen verschwörerischen Blick zu, und ihre Mundwinkel zuckten verräterisch. Lilly grinste zurück. Doch in Gedanken war sie wieder ganz woanders. Sie dachte an den Strandtag und an den Löwenfelsen. Würde Mr Roskear, Hannahs Vater, sie wirklich in seinem Boot mitnehmen?, grübelte sie. Er *musste* einfach!

Lilly hatte das Gefühl, dass sich die Tage bis zum Strandfest entsetzlich lang hinzogen. Ihr war klar, dass sie sich durch ihre Ungeduld eine ganze Ferienwoche selbst verdarb, aber sie konnte nichts dagegen tun. Sie wurde mit jedem Tag nervöser. Hannah hatte nichts mehr von sich hören lassen, und Lilly hatte Joel auch noch nichts von der geplanten Bootsfahrt erzählt. In diesem Punkt war sie abergläubisch. Wenn sie Joel einweihte, würde vielleicht etwas dazwischenkommen, meinte sie – Mr Roskear könnte Nein sagen, oder das Wetter würde sich verschlechtern und das Wettschwimmen abgesagt werden. Davor fürchtete sie sich am meisten.

Doch es gab keinen Wetterumschwung. Jeder neue Tag war so warm und sonnig wie der vorhergehende, und täglich trafen neue Urlauber ein. Dann endlich hatte die Warterei ein Ende, und der Samstag des Strandfests war da.

Lilly war schon vor sechs Uhr auf den Beinen. Vor lauter Aufregung hatte sie sowieso nicht schlafen können, und als sie aus dem Fenster schaute und die Sonne von einem wolkenlosen, blauen Himmel scheinen sah, rannte sie nach unten und hinaus in den Garten, nur um ganz sicherzugehen, dass sie nicht träumte.

Sie frühstückte in aller Eile und traf wenig später im Reitstall ein, wo Joel und seine Eltern bereits bei der Arbeit waren. Sie mussten die gebuchten Pferde zum Ausreiten vorbereiten, und ehe sie zum Strand gingen, mussten auch noch die üblichen Stallarbeiten erledigt werden. Sie gönnten sich keine Sekunde Ruhe, bis irgendwann Mr Richards mit der ersten Gruppe vom Hof ritt und Mrs Richards zu Lilly und Joel sagte, dass sie sich nun auf den Weg zum Strand machen könnten.

Vier Pferde waren für das Kinderreiten am Strand reserviert worden: Lark und Sally-Ann am Morgen, am Nachmittag dann Pippin, ein träger, gutmütiger brauner Wallach, sowie Bramble, ein hübsches kleines schwarzes Pferd mit einer weißen Blesse, das die Richards erst vor Kurzem gekauft hatten.

Der Parkplatz am Strand war für Autos gesperrt worden; stattdessen stand nun ein gestreiftes Festzelt dort, umgeben von Verkaufsbuden und einem großen Grill. Es wimmelte nur so von Menschen. Die Flut zog sich gerade zurück, und als Lilly die Boote sah, die am Strand lagen, machte ihr Herz einen Sprung. Welches davon gehörte wohl Mr Roskear? Suchend schaute sie sich nach Hannah um, konnte sie in der Menschenmenge aber nirgends entdecken.

Einer der freiwilligen Helfer sah Lilly und Joel mit den Pferden ankommen und zeigte ihnen, welcher Strandabschnitt für das Kinderreiten reserviert war. Ein paar Kinder standen schon wartend da, und so dauerte es nicht lange, bis Lark und Sally-Ann gemächlich durch den Sand stapften, mit Kindern auf ihrem Rücken und umringt von Eltern, die lächelnd Fotos machten.

Auf diese Weise waren Lilly und Joel eine gute Stunde lang beschäftigt. Danach ließ der Ansturm nach, und sie konnten den Pferden eine kleine Ruhepause und sich selbst ein Erfrischungsgetränk gönnen.

»Der Reitstall ist ab mittags geschlossen«, sagte Joel, während er den Verschluss seiner Colaflasche öffnete. »Mum will so bald es geht nachkommen und uns am Nachmittag ablösen. Dann können wir uns auch ein bisschen umsehen und Spaß haben.«

Lilly nickte. »Nan will später auch vorbeischauen. Und sie hat gesagt, sie hätte nichts dagegen, auch ein bisschen mitzuhelfen.«

»Super! Dann muss sich mein Vater ja um nichts kümmern und kann sich in Ruhe auf das Wettschwimmen vorbereiten.«

»Glaubst du, er hat Chancen zu gewinnen?«

Joel grinste. »Unter uns gesagt, nein! Aber Spaß macht es ihm trotzdem, auch wenn er als Letzter ankommt!«

Joel hatte den Satz noch nicht beendet, als Lilly plötzlich ihren Namen hörte. Sie sah sich um. Jemand winkte ihnen zu, und mitten in der Menschenmenge sah sie Hannahs rotgoldene Mähne aufblitzen.

»Lilly!« Hannah lief auf sie zu, machte aber einen großen Bogen um die beiden Pferde. »Ich suche schon ewig nach dir. Hallo, Joel!« Und noch ehe Lilly oder Joel auch nur Hallo sagen konnten, fuhr sie aufgeregt fort: »Ich habe Dad gefragt, und er hat gesagt, du kannst mitkommen, Lilly. Du natürlich auch, Joel, wenn du magst. Wir haben Platz genug.«

»Wohin mitkommen?«, fragte Joel.

»Zum Löwenfelsen. In unserem Boot. Hat Lilly es dir nicht erzählt? Mein Vater fährt deinen Vater zum Wettschwimmen raus. Und da kam ich auf die Idee, dass es doch toll wäre, wenn wir alle mitfahren. Sozusagen als Fanclub deines Vaters!«

Joel sah Lilly an. »Klasse! Aber warum hast du mir nichts davon gesagt?«

»Ähm ...« Lilly merkte, dass sie rot wurde, und gab sich einen Ruck. »Ich dachte mir, wenn ich es dir vorher erzähle, klappt es bestimmt nicht. Und ich wünsche es mir doch so sehr.«

Joel schien überrascht. »Echt? Du traust dich in einem kleinen Boot aufs offene Meer hinaus? Bootfahren ist etwas gewöhnungsbedürftig, weißt du?«

»Glaubst du etwa, ich hätte Angst?« Lilly tat entrüstet, hatte dabei aber doch ein mulmiges Gefühl.

»Wir werden uns schon um sie kümmern«, versicherte ihm Hannah. »Hört mal, ich sollte besser wieder zurückgehen, ich muss Dad bei irgendwas helfen. Wir sehen uns dann um zwei. Das Boot liegt dort drüben«, fügte sie noch hinzu und streckte den Arm aus. »Das gelbe da. Es heißt *Meerjungfrau.*«

»Ich kenne es«, sagte Joel. »Also dann, bis später. Und danke!«

Als Hannah zurückrannte, wandte sich Joel an Lilly. »Okay«, sagte er. »Und jetzt verrate mir bitte den *wahren*

Grund, warum du mir nichts davon erzählt hast. Es hängt doch nicht zufällig damit zusammen, dass du dir den Löwenfelsen unbedingt aus nächster Nähe anschauen möchtest, oder?«

Lilly wusste nicht, was sie darauf antworten sollte. Doch als Joel plötzlich anfing zu grinsen, wusste sie, dass ihr Gesichtsausdruck sie verraten hatte. »Mach dir keine Sorgen«, sagte er. »Ich habe neulich zwar gesagt, dass ich es nicht so eilig hätte herauszufinden, was dort los ist. Aber eigentlich stimmt das nicht so ganz. Ich bin genauso neugierig wie du.«

Lilly konnte nichts darauf erwidern, weil eine Kinderstimme flehentlich rief: »Mum! Will auf Hotti reiten!«

Ein kleiner Junge stand hinter ihnen und zog aufgeregt an der Hand seiner Mutter. Etliche andere Kinder kamen ebenfalls herbeigerannt.

»Zurück an die Arbeit!«, sagte Joel. Er lächelte den kleinen Jungen an, der von seiner Mutter eine Münze bekommen hatte und sie ihm nun aufgeregt entgegenstreckte. »Gut, dann wollen wir dich mal auf Larks Rücken setzen, einverstanden?«

Damit wurde das Thema Löwenfels vorerst fallen gelassen. Doch Lilly konnte es kaum erwarten, dass es endlich zwei Uhr wurde.

5. Kapitel

»Die Teilnehmer am Löwenfels-Wettschwimmen fertig machen! Alle Schwimmer in die Boote, bitte!«

Als die Stimme aus den Lautsprechern dröhnte, winkte Hannah, die bereits bis zu den Knien im Wasser stand, Lilly und Joel aufgeregt zu sich.

»Auf geht's!«, sagte Joel. »Da ist ja auch mein Dad.« Er grinste Lilly an. »Willst du es dir nicht noch einmal überlegen? Die letzte Gelegenheit!«

Obwohl sie nun doch ein wenig ängstlich war, lachte Lilly zurück und schüttelte den Kopf. Nan und Mrs Richards übernahmen die Pferde, und als Lilly ihrer Großmutter Brambles Führstrick in die Hand drückte, sagte Nan: »Pass gut auf dich auf, mein Schatz. Versprichst du mir das?«

»Natürlich, Nan.« Lilly drückte ihr noch schnell einen Kuss auf die Wange, ehe sie Joel nachrannte, der bereits auf dem Weg zum Ufer war.

Mr Roskear war ein großer, schlanker Mann mit einem von Wind und Wetter gegerbten Gesicht und denselben rötlichen Haaren wie Hannah. Mr Richards stand bereits bei ihm. Er trug einen Neoprenanzug, eine Schwimmbrille und eine orangefarbene Bademütze.

»Schau mal!«, flüsterte Joel Lilly zu. »Da ist jemand vom Mars gelandet!«

»Sei nicht so frech, mein Junge!« Mr Richards tat so, als wolle er seinem Sohn eine Ohrfeige geben.

Mr Roskear teilte Schwimmwesten aus, und während ihr Hannah beim Anziehen half, starrte Lilly auf das Boot, das sachte auf den Wellen tanzte. Es sah so winzig aus. Obwohl sich heute keine großen Brecher heranwälzten, sondern nur kleine Wellen friedlich an den Strand plätscherten, wurde Lilly plötzlich nervös. Die letzte Gelegenheit, es sich noch einmal zu überlegen, hatte Joel gesagt. Ein Teil von ihr hätte gern einen Rückzieher gemacht. Aber Joel und Hannah hatten offenbar überhaupt keine Angst. Und Lilly wollte sich vor ihnen keine Blöße geben.

Außerdem gab es noch einen sehr viel wichtigeren Grund, sich aufs Meer hinauszuwagen.

Die Schwimmwesten wurden zugemacht, und Hannah sprang aufgeregt ins Boot. Lilly gab sich einen Ruck und kletterte ihr nach.

Die beiden Männer und Joel schoben das Boot ins Wasser. Eine Welle schlug gegen den Bug und hob sie hoch, und Lilly fand, dass es sich fast so anfühlte, wie wenn ein Pferd zum Sprung ansetzte. Sie klammerte sich an den Bootsrand, denn das Boot schaukelte erneut, als Mr Roskear hineinsprang. Er zog am Seilzug des Außenbordmotors, der mit einem lauten Knattern startete, ehe auch Joel und Mr Richards an Bord sprangen.

»So!«, rief Mr Roskear. »Jetzt kann's losgehen!«

Das Motorengeräusch wurde lauter, als er Gas gab. Das Boot kam in Fahrt und hüpfte beängstigend auf und ab. Doch bald schon ließen sie die Brandung hinter sich, und das Boot glitt sachter dahin. Drei weitere Boote legten ebenfalls ab, und zwei der Rettungsschwimmer paddelten auf ihren Brettern durchs Wasser. Die Menschen am Strand winkten den Wettschwimmern zu und hielten die Daumen hoch, als sich der kleine Konvoi aufs Meer hinaus bewegte.

»Herrlich!«, rief Hannah, als der Wind ihr die Haare zerzauste. »Darf ich auch mal, Dad?«

»Noch nicht. So nah am Strand ist noch zu viel los. Warte, bis wir weiter draußen sind, dann überlege ich es mir.«

Joel musterte Lilly. »Alles in Ordnung?«, fragte er.

»Ja«, antwortete sie etwas verlegen. »Ich denke schon.«

»Falls dir schlecht wird, schau einfach zum Horizont«, riet Mr Richards. »Ein fester Bezugspunkt hilft dagegen.«

Lilly nickte. Sie hatte eigentlich nicht das Gefühl, dass ihr schlecht werden würde. So wie sich das Boot bewegte, kam man sich fast ein bisschen wie auf dem Rücken eines Pferdes vor, und das war ihr ja vertraut. Was sie aber nicht erwartet hatte, war die endlose Weite des Meeres. Vom Strand aus sah es so anders aus – irgendwie ferner, nicht so real. Hier draußen aber gab es, je weiter man den Strand hinter sich zurückließ, nichts als Wasser, Wasser und noch mehr Wasser. Es hob und senkte sich und ließ das Boot tanzen. Die anderen fanden, dass das Meer erstaunlich ruhig war an diesem Tag, aber Lilly konnte das absolut nicht finden. Es war so nah und wirkte unglaublich mächtig und kraftvoll.

Sie versuchte, nicht an die gewaltigen Kräfte zu denken, die im Meer schlummerten. Inzwischen waren mindestens noch ein Dutzend andere Boote zum Löwenfelsen unterwegs, dazu etliche Surfer, die bäuchlings auf ihren farbenfrohen Brettern lagen und ihre Hände als Paddel benutzten. In der Ferne waren zwei knallrote Kanus zu sehen. Ein Wassermotorrad war auch unterwegs und fuhr in einem großen Bogen um die Boote herum. Alle schienen einander zu kennen und winkten sich zu. Lilly winkte fröhlich mit. Doch als sie zufällig zum Löwenfelsen hinübersah, hielt sie plötzlich inne.

Der gewaltige Fels war jetzt sehr viel näher – und er war *riesig*. Der Riss, der ihn in zwei Teile spaltete, war nun deutlich zu sehen, und man hatte fast den Eindruck, als würden zwei gewaltige Klauen aus dem Meer ragen. Wellen schlugen an den Fuß des Felsens, und Lilly konnte nun auch den Graben sehen, in dem schäumende weiße Wellen aufblitzten.

Hannah war ihrem Blick gefolgt. »Wow!«, rief sie. »Das sieht ja irre aus!« Sie wandte sich an Mr Roskear. »Dad, meinst du, man kann durch den Graben bis auf die andere Seite des Felsens fahren?«

»Hm, ich denke schon. Aber nur bei so ruhigem Wellengang wie heute«, antwortete ihr Vater.

»Können wir es nicht versuchen? Bitte, Dad!«

»Na ja, vielleicht ... wenn wir genügend Zeit haben.« Mr Roskear lächelte Lilly an. »Aber natürlich nur, wenn Lilly nichts dagegen hat.«

Lilly starrte noch immer wie hypnotisiert auf den breiten Spalt, der den Felsen in zwei Hälften teilte. »Aber nein«, sagte sie. »Ich würde gern sehen, wie es da drinnen aussieht.«

Und das war ihr voller Ernst, denn mit einem Mal verspürte sie eine unbändige Aufregung. Sie *musste* die andere Seite des Felsens sehen. Sie hätte keinen Grund dafür nennen können, aber ihr innerer Drang war plötzlich so stark, dass es fast schon schmerzte. Sie fürchtete sich nicht vor dem Löwenfelsen. Er beeindruckte sie, das ja. Aber er jagte ihr keine Angst ein.

Sie kamen näher und näher an den Felsen heran, bis seine gewaltigen Umrisse den halben Himmel verdeckten. Ein größeres Boot mit einem Mast, auf dessen Flagge »Wettkampfleiter« stand, schaukelte ganz in der Nähe auf dem Wasser, und nun begann sich der ganze Konvoi in einer Linie nebeneinander aufzustellen. Mr Roskear sagte bedauernd: »Keine Zeit heute, durch den Graben zu fahren, Kinder. Das Wettschwimmen kann jeden Augenblick anfangen.«

»Alle bereit?«, plärrte eine Stimme über das Wasser. »Okay, Wettkampfteilnehmer! Fertig machen zum Sprung ins kalte Wasser!«

»Viel Glück, Dad!« Joel klopfte seinem Vater aufmunternd auf die Schulter, während die anderen Schwimmer schon ins Wasser sprangen. Sie paddelten auf der Stelle, bis das Startsignal ertönte. Unter dem Gejohle der Zuschauer schossen die Schwimmer davon.

Mr Roskear wendete vorsichtig sein Boot, bis es in die Richtung zeigte, aus der sie gekommen waren. Dank seiner orangefarbenen Badekappe konnten sie Mr Richards inmitten der anderen Teilnehmer gut im Blick behalten und tuckerten langsam hinter ihm her.

Auf dem Rückweg zum Strand war Joel voll und ganz damit beschäftigt, die Wettschwimmer und die anderen Boote zu beobachten. Lilly dagegen blickte zurück zum Löwenfelsen. Was war dort? Welches Geheimnis wartete dort darauf, von ihr entdeckt zu werden? Oder lauerte womöglich Gefahr? Oh ja, das war wahrscheinlicher. Sie konnte diese Gefahr förmlich spüren, wie einen kalten Wind, der vom Meer heranfegte. Und solange sie sich dieser Gefahr nicht stellte, war die Bedrohung durch das Graue Pferd nicht gebannt.

Lillys Magen zog sich zusammen, und ihr wurde plötzlich übel. Sie redete sich ein, dass das sicher an den Abgasen des Außenbordmotors lag, die ihr ins Gesicht wehten. Hastig drehte sie sich wieder nach vorn und versuchte, an angenehmere Dinge zu denken. Das Meer sah überwältigend aus. Es funkelte wie ein riesiger Saphir, auf dem Tausende silberner Pünktchen tanzten. Sie konnte die Leute in den anderen Booten lachen hören, und natürlich feuerten sie auch die Schwimmer an. Mr Richards schlug sich wacker und glitt mit gleichmäßigen Bewegungen vorwärts. Eine salzige Brise lag in der Luft, und die Sonne schien warm vom Himmel.

»Na, gefällt es dir?«, fragte Joel über den Lärm hinweg.

In der Ferne konnte Lilly eine Menschentraube erkennen, die sich am Ufer eingefunden hatte und auf die Wettschwimmer wartete. Sie sahen so fröhlich und bunt und glücklich aus.

»Ja«, sagte sie und lächelte Joel zu. »Und wie!«

Mr Richards wurde Siebzehnter von insgesamt zweiunddreißig Teilnehmern.

»Na, immerhin hab ich durchgehalten!«, knurrte er, als

Joel und Mrs Richards ihn damit aufzogen. »Außerdem konnte Lilly dank mir zum ersten Mal in ihrem Leben Boot fahren, stimmt's?« Er lächelte sie an. »Und es hat doch Spaß gemacht, oder?«

»Oh ja«, versicherte sie. »Aber nicht so sehr wie Reiten!«

Nach der langen Bootsfahrt war sie noch etwas wackelig auf den Beinen. Es war dasselbe Gefühl wie früher, als sie noch Anfängerin gewesen war, nach einem langen Ausritt – ›eine Mischung aus schmerzhaft und zittrig‹, wie Nan es ausgedrückt hatte. Aber sie war heilfroh, dass sie sich getraut hatte. Denn der Bootsausflug hatte ihr bestätigt, was sie insgeheim längst gewusst hatte. Dass sie das Geheimnis, das den Löwenfelsen umgab, ein für alle Mal lösen musste. Und dafür hatte sie nur noch wenige Wochen Zeit.

Nan und Joels Mutter sagten, sie würden sich gern noch eine Weile um das Kinderreiten kümmern, und so bekamen Lilly und Joel auch für den Rest des Nachmittags frei. Sie schlenderten an den Verkaufsbuden und Ständen am Strand vorbei, ohne viel zu reden. Sie schauten beim Tauziehen zu, betrachteten die vielen Sandburgen, von denen die schönste prämiert werden sollte, und diskutierten dann angeregt, welche ihrer Meinung nach gewinnen sollte. An einem Kiosk kauften sie sich eine Riesentüte Eis. Erst dann sprach Joel das Thema an, das ihnen beiden schon die ganze Zeit im Kopf herumging.

»Tja«, begann er, als sie an einem etwas ruhigeren Abschnitt des Strandes ankamen, »jetzt hast du den Löwenfelsen aus nächster Nähe gesehen. Und nun?«

Lilly leckte sich einen Klecks Schokoladeneis von den Fingern. »Keine Ahnung«, musste sie zugeben. »Aber da ist etwas, Joel. Etwas Wichtiges. Hast du es nicht auch gespürt?«

Er zögerte kurz, nickte dann aber. »Doch, stimmt.«

»Als Hannah ihren Vater gefragt hat, ob wir nicht auf die andere Seite des Felsens fahren könnten, konnte ich kaum still sitzen. Ich hatte das sichere Gefühl, dass ich dort ... hm, etwas entdecken würde.«

»Und wenn es etwas Gefährliches ist?«

»Ich weiß, das ist es ja. Aber etwas sagt mir, ich müsse es trotzdem probieren.«

Joel nickte erneut. »Ich habe gesehen, wie enttäuscht du warst, als wir doch keine Zeit mehr hatten. Hannah hat es auch gemerkt.« Er musterte sie eindringlich. »Du wirst ihr doch hoffentlich nichts von dem Grauen Pferd erzählen, oder?«

»Unsinn! Natürlich nicht!« Lilly blickte aufs Meer hinaus. »Ich fände es nicht fair, sie in die Sache hineinzuziehen.«

»Stimmt. Du kennst sie ja, sie ist immer gleich Feuer und Flamme. Ich wette, sie würde Kopf und Kragen riskieren. Und das würde uns nur in Schwierigkeiten bringen.«

»Ja. Joel, ich muss herausfinden, was dort ist. Nur – wie soll ich es anstellen?«

»Ich weiß es nicht«, gestand Joel. »Aber uns wird schon etwas einfallen, meinst du nicht auch?«

Lilly seufzte. »Ja«, sagte sie. »Vielleicht hast du ja recht.«

Und ganz, ganz leise, so leise, dass Joel es nicht hören konnte, fügte sie noch hinzu: »Ich hoffe es. Von ganzem Herzen ...«

6. Kapitel

Im Laufe der nächsten Tage zerbrach Lilly sich den Kopf, wie sie es anstellen könnte, noch einmal zum Löwenfelsen zu kommen, aber ihr wollte einfach nichts einfallen. Joel hätte ihr zwar gern geholfen, hatte aber leider auch keine brauchbare Idee. Und außerdem schien ihm nicht klar zu sein, wie dringend die Sache war. In zwei Monaten kehrten Lillys Eltern aus Kanada zurück, und dann würde sie Cornwall wieder verlassen. Zwei Monate – das hörte sich recht lang an. Aber Lilly wusste, dass die Zeit manchmal wie im Fluge verging. Den Gedanken, dass die Menschen in dieser Gegend nach ihrem Weggang weiterhin vom Grauen Pferd bedroht sein würden, fand Lilly unerträglich.

Trotz ihrer Vereinbarung mit Joel war Lilly mehrmals versucht, Hannah alles zu erzählen. Die einfachste Lösung wäre, ein weiteres Mal mit Mr Roskears Boot zum Felsen zu fahren. Aber dann hätte sie ihn auch einweihen müssen. Das kam natürlich nicht infrage. Und obwohl Lilly es schrecklich frustrierend fand, beschloss sie, lieber den Mund zu halten.

Zum Glück lenkten die Vorbereitungen für den Festumzug

Lilly ab. Nan hatte ihr Kostüm bereits fertig – sie und Joel würden sich als mittelalterliche Knappen verkleiden –, und sie mussten ihre Rollen einüben und auch die Pferde entsprechend trainieren. Bramble, der ein geduldiges Zugpferd war, sollte die Kutsche ziehen. Lilly würde auf Lark und Joel auf Sally-Ann reiten. Viel Zeit nahmen die Proben auf dem Hof der Richards in Anspruch, bei denen Joels Mutter die vierrädrige, offene Kutsche lenkte. Dabei konnte Lilly ihre Sorgen einigermaßen vergessen. Aber so ganz weg waren sie nie.

Eines Abends, wenige Tage vor dem Dorffest, waren Lilly und Nan gerade mit den Vorbereitungen für das Abendessen beschäftigt, als sie einen Wagen heranfahren und wenig später hupen hörten.

Nan erhob sich vom Tisch und spähte zum Fenster hinaus. Ein überraschtes Lächeln breitete sich auf ihrem Gesicht aus. »Lilly, schau mal, wer gekommen ist!«

Neben Nans Wagen hatte ein zweiter geparkt, und der Fahrer stieg gerade aus. Es war ein Mann mittleren Alters in Jeans und T-Shirt, mit spärlichen blonden Haaren und einem buschigen Bart. »Mr Brewer!«, rief Lilly erfreut.

Lächelnd trat Mr Brewer ein. »Hallo und guten Tag!«, begrüßte er Nan und Lilly. »Wie schön, euch wiederzusehen!«

»Wir wussten gar nicht, dass Sie noch einmal nach Cornwall kommen wollten«, sagte Nan. »Warum haben Sie nicht angerufen?«

»Ach«, Mr Brewer lächelte verlegen, »das hatte ich eigentlich vor. Aber ich habe leider mein Notizbuch zu Hause vergessen, in dem Ihre Telefonnummer steht. Deshalb beschloss ich, einfach hier hereinzuplatzen. Ich hoffe, es macht Ihnen nichts aus, Mrs Weston.«

»Natürlich nicht«, versicherte Nan. »Wir freuen uns sehr, nicht wahr, Lilly?«

»Oh ja«, sagte Lilly wahrheitsgemäß.

Mr Brewer war Archäologe. Sie hatten ihn während der Osterferien kennengelernt, als er hierhergekommen war, um die jahrhundertealten Gänge in den Höhlen am Fuße der Klippen zu erforschen. Seine Entdeckungen hatten Lilly eine weitere Begegnung mit dem Grauen Pferd beschert. Und nach diesem schrecklichen Zusammentreffen hatte sie das dritte Teilstück ihres gläsernen Talismans gefunden. Anfangs hatte der Forscher nicht an die übernatürlichen Phänomene an diesem Küstenabschnitt glauben wollen. Doch was dann im Frühjahr passiert war, hatte seine Meinung geändert.

Er musterte Lilly lächelnd und sagte: »Hey, du bist ja richtig braun gebrannt! Wie machst du das nur?«

»Na, sie ist die ganze Zeit oben im Reitstall und im Freien«, erklärte Nan. »Das heißt, wenn sie nicht gerade Bootsausflüge macht.« Sie zwinkerte ihrer Enkelin zu. Lilly grinste.

»Das war doch nur ein einziges Mal, Nan.«

»Ein Bootsausflug?«, fragte Mr Brewer. »Darüber würde ich gern mehr erfahren.«

»Dann müssen Sie zum Abendessen bleiben, Mr Brewer«, sagte Nan. »Keine Widerrede – es gibt Quiche und Salat, draußen im Garten, ganz ohne Umstände.«

»Hm, wenn es Ihnen wirklich nichts ausmacht ...«

»Natürlich nicht«, sagte Nan. »Es ist mehr als genug da.«

Mr Brewer lächelte. »Dann ist es mir ein Vergnügen.«

Während des Essens hatten sie reichlich Gesprächsstoff. Mr Brewer erkundigte sich vorsichtig, ob Lilly etwas über Moonlights Verbleib gehört hätte. Lilly konnte nur stumm den Kopf schütteln. Dann erzählte sie ihm, dass sie am Strandtag in einem Boot zum Löwenfelsen hatte fahren dürfen, und der Forscher zeigte sich sehr interessiert.

»Ah, der Löwenfels«, sagte er. »Darüber habe ich ein bisschen recherchiert. Wisst ihr noch, dass ich von Anfang an sagte, dass es ein komischer Name für einen Felsen vor der Küste Englands sei? Und dass es sich um einen falsch verstandenen Begriff aus dem Kornischen handeln könnte? Jedenfalls habe ich überprüft, welche altkornischen Wörter so ähnlich klingen, und kam auf *lym*, was so viel wie ›spitz, scharf‹ bedeutet.«

»Spitzer Fels ...«, wiederholte Nan nachdenklich. »Hm, das würde einigermaßen passen, meinst du nicht, Lilly?«

Zögernd nickte Lilly, obwohl sie das Gefühl hatte, dass es nicht stimmte. Sie hätte nicht sagen können, warum, sie wusste es ganz einfach. »Gibt es noch andere Möglichkeiten?«, fragte sie Mr Brewer.

»Eine oder zwei. Sehr ähnlich klingt auch *lyn*, was ›See‹ bedeutet.« Er lachte. »Aber das ergibt keinerlei Sinn. Man kann den Felsen ja wohl kaum ›Seefels‹ nennen, wenn er mitten im Meer liegt, oder?«

Nan stimmte in sein Lachen ein, aber Lilly blieb ernst. Das Wort *lyn* hallte in ihrem Kopf wider wie eine vage Erinnerung. Seefels. Es ergab keinen Sinn, genau wie Mr Brewer gesagt hatte. Aber trotzdem stimmte der Name. Sie war sich ganz sicher.

Löwe, lyn, See. Der Graben, der den Fels nun trennte, die Löcher im Gestein, die Mr Thomas beschrieben hatte ... Was verbirgt sich darin?, fragte sich Lilly.

»Ich konnte noch ein paar andere der Wörter übersetzen, die wir in der Felswand der Höhle am Strand gefunden haben«, fuhr Mr Brewer fort. »Höchst interessant. Alles deutet darauf hin, dass es sich bei der Höhle um eine Art Festung handelte, obwohl mir nach wie vor schleierhaft ist, für welchen Zweck der Tunnel gegraben wurde. Hört mal, dies klingt fast wie eine Art Anweisung.« Er griff in die Tasche seiner Jeans und zog ein kleines Buch heraus. »Ich bin gespannt, was ihr dazu sagt.«

Er schlug das Buch auf und las Nan und Lilly vor:

»Im Innern des Felsens findest du Blau.
Zu meinen Füßen findest du Blau.
Blau und Blau ergibt Blau.
Berühre das Grau mit dem Blau,
Und alles wird, wie es war.«

»Seltsam, nicht wahr? Blau und Grau – es steht ganz offensichtlich im Zusammenhang mit der Legende von den Zauberpferden. Aber ich werde einfach nicht schlau daraus.«

Lilly sagte nichts, doch sie dachte angestrengt nach. Sie hatten inzwischen zu Ende gegessen und saßen noch plaudernd im Garten, bis Mr Brewer einen Blick auf seine Uhr warf und erklärte, es sei höchste Zeit für ihn zu gehen.

»Ich hoffe, Sie lassen sich bald wieder bei uns blicken«, sagte Nan.

»Mit dem größten Vergnügen«, antwortete der Forscher. »Ich bleibe bis Ende August hier in Cornwall. Ich will diesen alten Gang noch eingehender erforschen. Hoffentlich schaffe ich es, ihn bis zum Ende freizulegen.«

»Kann ich dabei irgendwie helfen?«, fragte Lilly eifrig.

»Gern«, sagte Mr Brewer. »Natürlich nur, wenn deine Großmutter nichts dagegen hat.«

»Aber nein«, sagte Nan lächelnd.

Mr Brewer erhob sich. »Wie wäre es, wenn ich morgen früh anrufe und wir alles besprechen? Denn falls ihr mich nicht dringend beim Abwaschen braucht, mache ich mich jetzt besser auf den Weg.«

Nachdem der Besucher weggefahren war, blieb Lilly noch eine Weile auffallend schweigsam. Erst als sie den letzten Teller abtrocknete, den Nan gespült hatte, sagte sie plötzlich: »Erinnerst du dich an die Tonfigur des Grauen Pferdes?«

Nan blickte sie erstaunt an. »Natürlich, Kind.«

»Du hast sie Mr Brewer doch gezeigt, als er das letzte Mal hier war. Hast du sie danach wieder im Garten vergraben?«

Kurz nachdem Lilly im letzten Herbst zu ihrer Großmutter gezogen war, hatte sie die Statue versehentlich kaputtgemacht, und Nan hatte die Scherben im Garten vergraben. Nan kannte die alte Sage und hatte versucht, die zerstörerischen Kräfte des Grauen Pferdes abzuwenden. Nun aber sagte sie: »Nein, habe ich nicht. Dass ich sie vergraben hatte, hat ohnehin nichts genützt. Die Scherben sind in einer Schublade in meinem Atelier. Warum?«

»Na ja ... es ist mir nur gerade eingefallen. Meinst du, wir könnten noch einmal einen Blick darauf werfen?«

»Du meinst, ohne dass wir damit auf irgendeine Weise die Kräfte des Grauen Pferdes heraufbeschwören?« Nan dachte kurz nach. »Nein ... Nein, ich glaube nicht, dass das gefährlich wäre. Möchtest du sie dir noch einmal anschauen?«

»Ja«, antwortete Lilly. »Das würde ich gern.«

»Na schön. Dann machen wir es jetzt. Einverstanden?«

Als Lilly im Atelier stand und zusah, wie Nan die Schublade aufzog, wurde ihr etwas mulmig, doch sie versuchte, das Gefühl zu verdrängen. Etwas in Mr Brewers Worten hatte eine neue Frage in ihrem Kopf auftauchen lassen, und darauf brauchte sie unbedingt eine Antwort.

Die Statue lag, eingewickelt in ein Tuch, in einem alten Schuhkarton. Nachdem Nan sie im Frühjahr Mr Brewer gezeigt hatte, hatte sie die Scherben grob wieder zusammengeklebt. Nun hob sie die lädierte Figur vorsichtig aus dem Tuch und stellte sie auf den Tisch. Lilly betrachtete den kleinen Kopf. Ein Stück davon fehlte – das Stück mit dem Auge, das sie damals in einem Wutanfall ins Meer geworfen hatte. Das verbliebene Auge der Statue, bestehend aus einem roten Glassplitter, starrte zurück, und Lilly hatte Mühe, ein Zittern zu unterdrücken, als sie die Hand danach ausstreckte. Mit dem Finger fuhr sie die rauen Kanten rund um das Loch nach, wo das Stück fehlte. Die Umrisse der Bruchstelle kamen ihr bekannt vor, so als hätte sie sie – oder zumindest etwas sehr Ähnliches – schon einmal abgetastet.

Sie ließ von der Figur ab und berührte zögernd den Talisman an ihrem Handgelenk, den blauen Anhänger aus Glas. Ja, das war die Antwort auf ihre Frage!

»Nan«, sagte sie, »mein Talisman – er hat fast dieselbe Form wie das fehlende Stück.«

»Was?« Nan riss die Augen auf.

»Fass mal beides an!«, sagte Lilly eindringlich.

Nan betastete vorsichtig zuerst die zusammengeklebte Figur, dann den blauen Glasanhänger.

»Du hast recht!«, sagte sie verblüfft. »Sie stimmen wirklich fast überein. Nur ist dein Anhänger etwas zu klein. Als wenn er nicht ganz komplett wäre.« Sie schaute Lilly an. »Zumindest noch nicht.«

Berühre das Grau mit dem Blau, und alles wird, wie es war. Die geheimnisvollen Worte, die Mr Brewer übersetzt hatte, ergaben plötzlich einen Sinn. Seit dem verhängnisvollen Tag, an dem sie die Figur kaputtgemacht hatte, suchte Lilly verzweifelt nach dem fehlenden Stückchen. Sie hatte geglaubt, es wäre die einzige Möglichkeit, um die Statue wieder ganz zu machen und den Geist des Grauen Pferdes erneut darin einzusperren. Aber offenbar hatte sie sich getäuscht. Der alte Vers hatte ihr enthüllt, was sie brauchte: das letzte Teilstück ihres gläsernen Talismans. Das Geschenk des Blauen Pferdes würde nicht nur sie allein beschützen. Sobald es komplett war, würde es sie alle beschützen!

Lilly war außerdem felsenfest davon überzeugt, dass Mr Brewers Übersetzung ihr noch etwas anderes mitgeteilt hatte. *Im Innern des Felsens findest du Blau ...*

Endlich wusste sie, was die Botschaft zu bedeuten hatte, die ihr das Blaue Pferd im Traum schickte. Das letzte Stück ihres Talismans musste im Innern des Löwenfelsens liegen ...

7. Kapitel

Mr Brewer rief wie versprochen am nächsten Morgen an. Er konnte es kaum erwarten, die Höhle weiter zu erforschen, doch das war in den nächsten Tagen nicht möglich. Denn zurzeit gab es sogenannte Nipptiden, also eher flache Fluten, bei denen das Wasser sich weder weit zurückzog noch sehr weit anstieg. So war es selbst bei Ebbe nicht möglich, die Landspitze zu umrunden und auch nur in die Nähe des Höhleneingangs zu kommen. Das war zwar frustrierend, aber leider nicht zu ändern. Nan versuchte Lilly zu trösten.

»Es liegt am Mond«, erklärte sie. »Der verursacht die Springfluten, also die hohen Fluten bei Neu- und Vollmond, bei denen sich das Wasser sehr weit zurückzieht, und dazwischen eben auch diese Nipptiden.« Sie machte eine kurze Pause. »Obwohl ich sagen muss, dass der Unterschied zwischen Ebbe und Flut im Moment wirklich ungewöhnlich gering ist. Das muss daran liegen, dass es so windstill ist.«

»Wann haben wir die nächste Springflut?«, wollte Lilly wissen.

Nan rechnete nach. »Nächsten Montag ist Vollmond, und

die Gezeiten werden schon ein paar Tage vorher stärker. Ich würde sagen, dass man am Freitag oder spätestens Samstag wieder zur Höhle gelangen dürfte.«

Lilly verzog das Gesicht. Am Samstag war das Dorffest, da würde sie keine Zeit haben, an den Strand zu gehen. Und was die Erkundung des Löwenfelsens betraf, die sie sich so schrecklich wünschte ... ihr war noch immer nicht eingefallen, wie sie dorthin gelangen könnte.

Nan legte ihr einen Arm um die Schultern und drückte sie leicht. »Komm, Schatz. Mach dir keine Sorgen. Denn sonst kannst du nicht einmal die Kirmes und den Festumzug genießen. Und das wäre ein Jammer, wo du dich so sehr darauf gefreut hast.«

Lilly wusste, dass Nan recht hatte. Wenigstens für ein paar Tage müsste sie die Sache mit den geheimnisvollen Löchern im Gestein, dem Talisman und dem gespaltenen Felsen im Meer doch vergessen können. Wenn sie sich nicht auf das kommende Wochenende konzentrierte, würde sie auch Hannah und Joel den Spaß verderben, und das wäre nicht fair. Joel hatte schon mehrmals vorwurfsvoll erwähnt, dass Lilly sich gar nicht mehr für den Umzug interessierte. Nicht nur in ihrem eigenen Interesse, sondern auch seinetwegen musste sie versuchen, ihre trübe Stimmung abzuschütteln.

Sie schaute Nan an und sagte: »Ich wünschte, ich wäre so klug wie du.«

»Ich bin nicht klug«, sagte Nan schmunzelnd. »Ich bin nur alt genug, um zu wissen, dass es nichts nützt, sich über Dinge den Kopf zu zerbrechen, die man ohnehin nicht ändern kann.« Sie nickte ihrer Enkelin aufmunternd zu. »Los, schlüpf noch mal schnell in dein Kostüm, dann können wir sehen, ob ein paar letzte Handgriffe nötig sind.«

Zu ihrer eigenen Überraschung schaffte Lilly es tatsächlich, sich auf den Festumzug zu konzentrieren. Sie machten noch zwei Probefahrten auf dem Hof der Richards, eine davon mit Hannah in der Kutsche, und ehe Lilly sich versah, war der große Tag auch schon gekommen.

Das Wetter war nach wie vor wunderschön. Der Umzug sollte um Punkt zwölf Uhr mittags anfangen, und anschließend war eine große Feier geplant. Nach einem sehr frühen Mittagessen machten sich Nan und Lilly mit dem Auto auf den Weg ins Dorf. Lilly trug bereits ihr Kostüm und war vor Aufregung ganz kribbelig.

Das Dorf war festlich geschmückt. An allen Fenstern an der Hauptstraße steckten bunte Fähnchen, die Geschäfte waren hübsch dekoriert und hatten Körbe voller Blumen auf die Straße gestellt. Die Polizei leitete den Verkehr um, damit der Festumzug freie Bahn hatte. Die Dorfbewohner trugen zum Teil fantasievolle Kostüme und hatten sich unter die Scharen der Sommerurlauber gemischt.

Die Umzugsteilnehmer sollten sich am Sportplatz treffen, wo auch die Wahl zur Festprinzessin stattgefunden hatte. Einige der Festwagen standen schon bereit, und ganz am Rand des Sportplatzes entdeckte Lilly den Pferdetransporter der Richards. Bramble, Lark und Sally-Ann waren neben dem Pferdetransporter angebunden, und Joel trug einen Arbeitsoverall und schleppte gerade zwei Eimer Wasser für die Pferde herbei.

Lilly rannte ihm entgegen. »Wo ist dein Kostüm?«, fragte sie.

»Drunter.« Joel zeigte auf seinen Overall, der ihm viel zu groß war. »Mum hat gesagt, sie würde mich umbringen, wenn ich es schmutzig mache, deshalb hat mir Dad was ausgeliehen.« Er trat einen Schritt zurück, um Lilly genau anzusehen. »Hey, du siehst klasse aus!«

»Danke«, sagte Lilly und lächelte. »Ist Hannah auch schon da?«

»Hab sie noch nicht gesehen. Aber ich glaube, ihr Rad steht drüben beim Vereinsheim.«

Lilly musste grinsen, weil sie sich unwillkürlich vorstellte, wie Hannah in ihrem Prinzessinnenkostüm auf dem Fahrrad ausgesehen hatte. »Sie zieht sich wahrscheinlich gerade um«, sagte sie dann aber.

»Na, hoffentlich beeilt sie sich. In zwanzig Minuten geht es los!«, sagte Joel.

»Ich gehe mal rüber und schaue, ob ich sie finden kann«, bot Lilly an.

»Okay, aber trödle nicht. Wir müssen die Pferde noch satteln und die Kutsche anspannen.«

Lilly rannte quer über den Sportplatz und musste dabei zwei Jungen auf Stelzen und einer Schar von Kindern ausweichen, die sich als Häschen verkleidet hatten. Sie fand Hannah und ihre Zofen tatsächlich im Vereinsheim, wo sie sich gerade mithilfe ihrer Mütter und von Mrs Beck, Lillys Klassenlehrerin, fein machten.

»Toll!«, rief Lilly bewundernd, als sie Hannahs wallendes Gewand und die silberfarbene Stola erblickte. »Du siehst umwerfend aus!«

»Danke!« Hannah grinste und rückte ihr verrutschtes Krönchen zurecht. »Ich bin aber ganz schön nervös. Hab heute früh keinen Bissen runtergekriegt, so aufgeregt war ich.«

Lilly lachte. »Alles halb so wild! Du musst ja nur auf deinem Thron sitzen und den Leuten zuwinken. Bist du bald fertig? Joel hat gesagt, es geht gleich los.«

»Okay, Mum muss nur noch schnell das Krönchen richtig feststecken – es verrutscht ständig. Geh ruhig schon mal vor, ich komme in einer Minute nach.«

Lilly rannte zu Joel zurück, der seiner Mutter gerade half, Bramble vor die Kutsche zu spannen. Brambles Geschirr war mit farbigen Bändern geschmückt, und an seinem Stirnband war ein weißer Federbusch befestigt. Lilly fand, dass er wunderschön aussah. Mrs Richards würde die Kutsche lenken und trug eine hübsche weiße Kniebundhose, einen schwarzen Frack, schwarze Stiefel und eine schwarze Melone.

»Das einzige Problem ist, dass ich vor Hitze fast umkomme«, sagte sie mit einem schiefen Grinsen zu Lilly. »Normalerweise regnet es am Tag des Umzugs. Diese Hitze bin ich gar nicht gewöhnt.«

Endlich trafen auch Hannah und ihre beiden Zofen ein und kletterten, gestützt von helfenden Händen, in die Kutsche, während Lilly und Joel ihre Pferde sattelten und aufstiegen. Die Festwagen wurden in die richtige Reihenfolge gebracht. Mrs Richards schwang sich auf den Kutschbock, ergriff die Zügel, und Bramble zockelte brav los. Lilly berührte mit den Fersen ganz sachte Larks Flanken, und zusammen mit Joel folgten sie der Kutsche. Hannahs Nervosität hatte Lilly angesteckt. Das hier war keine Probe mehr, wo es keine Rolle spielte, ob etwas schiefging. Heute musste alles wie am Schnürchen laufen.

Freiwillige Helfer in leuchtenden Umhängen sorgten dafür, dass alle Umzugsteilnehmer rechtzeitig loszogen. Die Musikanten der Dorfkapelle ergriffen ihre Instrumente, die in der Sonne glitzerten und funkelten. Hannah grinste Lilly zu und streckte den Daumen hoch. Die ersten Töne einer feurigen Marschmusik ertönten, und die farbenprächtige Prozession setzte sich im Takt dazu in Bewegung.

Die Kapelle führte den Festumzug an. Ihr folgte eine Schar von Kindern in traditioneller kornischer Kleidung und dann die Kutsche der Prinzessin mit ihrem Gefolge. Als sie einen Blick über die Schulter warf, sah Lilly, dass ihnen eine Gruppe von Unterhaltungskünstlern folgte: Clowns, Jongleure und die Stelzengänger, die sie zuvor schon gesehen hatte. Den Abschluss bildete der lange Zug der Festwagen. Die Zuschauer am Straßenrand wurden immer zahlreicher, je weiter die bunte Parade sich dem Dorf näherte. In der Nähe der Kirche schließlich drängten sie sich in Scharen. Sie klatschten Beifall und jubelten, einige Kinder hatten kleine Fähnchen in der Hand, die sie begeistert hin und her schwenkten, und die rhythmischen Klänge der Kapelle hallten zwischen den Gebäuden wider. Lilly hoffte, dass die Pferde nicht nervös werden würden. Doch obwohl Lark die Ohren aufgestellt hatte und den Kopf hochhielt, machte sie keinen einzigen falschen Schritt. Sally-Ann auf der anderen Straßenseite war so lammfromm wie immer, und auch Bramble, der vor die Deichsel gespannt war, schien die Ruhe selbst zu sein.

Hannah und ihre Zofen amüsierten sich königlich. Kerzengerade saßen sie in der Kutsche, winkten dem versammelten Volk huldvoll zu und gaben sich möglichst majestätisch. Doch sobald sie jemanden erblickten, den sie kannten, war es mit ihrer Würde vorbei, und sie kreischten und hüpften auf ihren Sitzen auf und ab.

»Nicht so wild!«, rief Mrs Richards nach hinten, die alle Mühe hatte, nicht laut loszulachen. »Sonst fällt mir noch eine von euch aus der Kutsche!«

»Schau mal!«, rief Joel Lilly über den allgemeinen Lärm hinweg zu. »Da steht deine Großmutter!«

Wie es Nan gelungen war, vor ihnen mitten im Dorf zu sein, war Lilly zwar ein Rätsel, aber sie freute sich und winkte ihrer Großmutter begeistert zu.

»Hey, Mr Brewer ist auch da!«, sagte Joel. »Ich wusste gar nicht, dass er auch kommt.«

»Ich auch nicht.«

Mr Brewer hatte ein Stöckchen mit einer flatternden Partyschlange in der einen Hand, eine Eistüte in der anderen, und Lilly kicherte, als sie zurückwinkte. Sie hatten die Kirche inzwischen hinter sich gelassen und zogen weiter über die Dorfstraße. Joel beugte sich zu seiner Mutter hinüber, und Lilly hörte ihn sagen: »Bramble macht seine Sache gut, nicht wahr? Man könnte fast glauben, er täte das Tag für Tag!«

Mrs Richards nickte. »Er ist toll. Fast wie unser guter alter Moonlight.«

Lilly schossen die Tränen in die Augen, für kurze Zeit konnte sie kaum etwas sehen. Sie biss sich auf die Lippen und blinzelte die Tränen weg. Sie vermisste Moonlight noch immer so sehr, dass sie schon traurig wurde, wenn sie nur seinen Namen hörte. Aber das konnte Mrs Richards natürlich nicht wissen. Wie schrecklich, dass sie nie erfahren würden, was aus ihm geworden war. Lilly merkte, dass Joel sie besorgt ansah. Er hatte sicher gemerkt, was mit ihr los war. Sie blinzelte erneut. Der Schmerz würde irgendwann nachlassen, ganz bestimmt ...

Und gerade als ihr dieser Gedanke durch den Kopf ging, sah sie ein Stück weiter vorne plötzlich etwas Weißes aufblitzen.

Lillys Hände krallten sich um die Zügel, sodass die arme Lark empört den Kopf zurückriss. Lillys Sicht war noch immer leicht verschwommen. Hastig rieb sie sich die Augen, um wieder klar sehen zu können. Die weißen Umrisse waren verschwunden. Bestimmt hatte sie sich das Ganze nur eingebildet. Es war völlig unmöglich ...

Sie bogen um eine Kurve, und im ersten Moment war Lilly von der Sonne geblendet. Da sah sie plötzlich wieder die weißen Umrisse eines Pferdes. Da *war* etwas! Das Pferd drehte den Kopf, um sie anzuschauen, und seine weißen Umrisse schimmerten auf einmal bläulich auf!

Lillys Herz schlug schneller. Dann, ohne jede Vorwarnung, war die Vision plötzlich wieder verschwunden – aber nur für einen kurzen Moment, ehe sie direkt vor Brambles Schnauze wieder auftauchte ...

Lilly fielen fast die Augen aus dem Kopf, und sie rief ungläubig: »Moonlight!«

8. Kapitel

Chaos brach aus. Bramble wieherte erschrocken; er scheute, bäumte sich auf und brach aus. Und zwar so schnell, dass Mrs Richards nicht reagieren konnte. Die Kutsche schwankte und neigte sich beängstigend zur Seite, und Hannah und ihre Zofen kreischten auf, als sie hin und her geworfen wurden. Auch die beiden anderen Pferde bäumten sich auf. Aus den Augenwinkeln konnte Lilly sehen, wie Joel sich krampfhaft an Sally-Anns Mähne klammerte, weil er fast abgeworfen wurde, während Lark ausschlug und Anstalten machte, in die Zuschauermenge zu stürmen.

»Ruhig, Lark, ruhig!« Lilly hatte alle Mühe, sie unter Kontrolle zu bekommen.

Mrs Richards war vom Kutschbock gesprungen und zu Bramble gerannt. Leute eilten herbei, um ihr zu helfen, und während der nächsten Minuten hatte Lilly keine Zeit für etwas anderes als das ausgebrochene Chaos. Es dauerte eine Weile, bis sich die Lage wieder beruhigt hatte. Endlich stand Bramble still, nur sein Atem ging noch stoßweise. Lark und Sally-Ann standen reglos da und ließen die Köpfe hängen.

Die Vision von Moonlight aber war verschwunden.

»Alles in Ordnung?«, erkundigte sich Mrs Richards bei Hannah und den anderen Mädchen.

Hannah schluckte, ehe sie nickte. »Ja, danke. Wow! Das war ja echt zum Fürchten!«

»Tut mir schrecklich leid«, sagte Mrs Richards. »Ich weiß nicht, was los war. Etwas unter den Zuschauern muss die Pferde erschreckt haben.«

Aha, dachte Lilly, sie hat Moonlight anscheinend nicht gesehen ... Gespannt blickte sie zu Joel. Doch der sah sie nur ratlos an. Er wusste von nichts. Offenbar hatte auch er nichts gesehen. Nur die Pferde ...

Bald lief alles wieder seinen gewohnten Gang, und es gab keine weiteren Zwischenfälle mehr – und auch kein Phantompferd. Nach dem Umzug durchs Dorf führte der Weg schließlich wieder zum Sportplatz zurück.

Die Kirmes war bereits in vollem Gange, und die anderen stürzten sich sofort auf die Verkaufsbuden. Doch Lilly und die Richards hatten noch mit den Pferden zu tun. Die Dorfprinzessin sollte später noch einmal in der Kutsche herumfahren, und deshalb mussten Bramble, Lark und Sally-Ann auf dem Festgelände bleiben. Sie wurden abgesattelt und neben dem Pferdetransporter angebunden. Außerdem bekamen sie jeder eine Portion Heu und einen Eimer Wasser.

Lilly war sich inzwischen ganz sicher, dass Joel Moonlight nicht gesehen hatte, und als sie ihm half, die Pferde zu versorgen, fragte sie sich insgeheim immer wieder, warum nur sie die Vision gesehen hatte. Das Blaue Pferd wollte ihr ganz offensichtlich etwas mitteilen. Doch was?

Joels Stimme riss sie aus ihren Grübeleien. »Ich kaufe mir was zu essen, Lilly. Kommst du mit?«

»Nein«, antwortete sie. »Ich habe keinen Hunger. Ich bleibe lieber hier.«

Sie schaute ihm nach, als er wegging. Dann ließ sie sich seufzend neben Lark, die ihren Eimer Wasser schon leer getrunken hatte und nun am Heu knabberte, ins Gras sinken. Lark stupste Lilly mit der Schnauze an, und Lilly streichelte sie geistesabwesend, während sie weiter überlegte, was das Erscheinen des Blauen Pferdes zu bedeuten haben könnte.

Plötzlich hörte sie hinter sich jemanden »Lilly« sagen. Sie drehte sich um.

Es war Hannah, noch immer in ihrem Festgewand, aber ohne Stola und Krönchen.

Lilly versuchte, unbekümmert zu lächeln. »Hallo. Alles wieder okay?«

»Klar, alles paletti.« Hannah machte eine kurze Pause. »Du, Lilly, ich wollte dich etwas fragen.« Sie holte tief Luft, ehe sie weiterredete. »Als die Pferde durchdrehten und wir beinahe umgestürzt sind, hast du etwas gerufen, das wie ›Moonlight‹ klang.«

Lilly schluckte. »Wirklich?«, fragte sie beklommen.

»Das weißt du doch genau! Was sollte das heißen?«, bohrte Hannah nach. »Lilly, was hast du gesehen?« Sie sah Lilly fest an und fuhr herausfordernd fort: »Ein weißes Pferd, nicht wahr?«

Vor Schreck hielt Lilly die Luft an. Die beiden Mädchen starrten einander stumm an, bis Hannah schließlich sagte: »Ich habe recht, nicht wahr? Mach mir nichts vor. Ich habe es auch gesehen. Aber sonst niemand, nur wir beide ... und die Pferde.« Sie hockte sich neben Lilly ins Gras. »Was war es, Lilly?«

Lilly wusste nicht, was sie darauf antworten sollte. Sie schwieg, bis Hannah irgendwann den Kopf schüttelte. »Es nützt nichts. Ich bleibe so lange hier sitzen, bis du mir alles erzählt hast.«

Hannah hatte Moonlight auch gesehen! Dass sich das Blaue Pferd auch ihr gezeigt hatte, musste einen Grund haben. Davon war Lilly plötzlich felsenfest überzeugt. Und außerdem brauchte sie jemanden, der ihr helfen konnte.

Sie holte tief Luft und sagte: »Na schön. Ich werde es dir erzählen. Auch wenn du mir wahrscheinlich nicht glauben wirst ...«

Zu Lillys Überraschung glaubte ihr Hannah sofort und hing mit großen Augen und gespannter Miene an Lillys Lippen.

Lilly verriet ihr jedoch nicht alles. Einige Einzelheiten wären vermutlich sogar für Hannah zu absurd gewesen. Doch das, was Lilly ihr erzählte, war mehr als ausreichend.

»Du meinst, was wir gesehen haben, war ... so etwas wie der Geist dieses Pferds namens Moonlight, das in Wirklichkeit das Blaue Pferd ist?«, fragte Hannah atemlos. »Wow! Das klingt ja total verrückt! Und die Sache mit dem Grauen und dem Blauen Pferd hat mit dem Löwenfelsen zu tun?«

Lilly nickte. »Ich glaube ja«, sagte sie. »Ich habe es geträumt und auch ganz genau gespürt an dem Tag, als dein Vater uns in seinem Boot hingefahren hat.«

»Ach ja, stimmt! Du wolltest damals ja unbedingt noch auf

die andere Seite fahren, nicht wahr? Aber wir hatten nicht mehr genügend Zeit.« Hannah pfiff durch die Zähne. »So ein Ärger! Ich wünschte, wir hätten es noch tun können! Was meinst du, was wir entdeckt hätten?«

»Keine Ahnung«, musste Lilly zugeben. »Das ist ja das Frustrierende. Ich bin mir sicher, dass das Blaue Pferd will, dass ich dorthin komme. Aber ich weiß nicht wie.«

»Mein Vater kann dich doch noch mal hinfahren ... aber dann müsstest du ihm natürlich erklären, warum. Und dann würde er dich für verrückt halten. Hm, ich sehe ein, dass das ein Problem ist.« Hannah schien angestrengt nachzudenken. »Es sei denn ...«

»Es sei denn – was?«

Hannahs Gesichtsausdruck veränderte sich, und ihre Augen blitzten schelmisch. »Es sei denn – *ich* fahre dich hin!«

»Spinnst du? Wie könntest ...«

»Sei mal kurz ruhig und hör mir zu, okay? Dads Boot liegt noch am Strand, er hat es dort gelassen, weil er nachts manchmal fischen geht. Ich kann damit fahren, wie du weißt. Folglich brauchen wir nur jemanden, der uns hilft, das Boot ins Wasser zu schieben, und dann ...«

»Nie im Leben!«, sagte Lilly kopfschüttelnd. »Zum einen würde es dein Vater garantiert mitkriegen, und zum anderen will ich dich auf keinen Fall in etwas hineinziehen, das so gefährlich ist!«

»Tja, Pech gehabt! Ich bin nämlich schon mittendrin!«, entgegnete Hannah mit einem breiten Grinsen. »Denk mal nach! Joel und Mrs Richards haben das Blaue Pferd nicht gesehen, dafür aber ich! Es muss einen Grund dafür gehabt haben, sich mir zu zeigen, oder? Und was für ein Grund könnte das sein? Antwort: Weil ich die Einzige bin, die dir seiner Meinung nach helfen kann!«

Mit einem triumphierenden Blick verschränkte sie die Arme vor der Brust, und Lilly musste sich wohl oder übel eingestehen, dass Hannah recht hatte. Sie *musste* recht haben. Warum sonst hätte sich das Blaue Pferd ausgerechnet ihnen beiden gezeigt und sonst niemandem? So verrückt sich Hannahs Vorschlag auch anhörte – es war Lillys einzige Chance, zum Löwenfelsen zu kommen. Und das war dem Blauen Pferd offenbar klar.

Wie aus weiter Ferne hörte sie sich selbst sagen: »Meinst du wirklich, dass wir das tun sollten?«

»Aber ja! Und weißt du was? Ich finde, wir sollten sofort losfahren!«

»Jetzt sofort? Und was ist mit der Kirmes?«

»Pah, Kirmes!«, schnaubte Hannah. »Was ist wichtiger?«

»Hmmm ...«, sagte Lilly unschlüssig.

»Hör mal, das Wetter ist ideal und der Wellengang ebenfalls. Und kein Mensch sieht uns, weil nämlich alle *hier* sind.«

»Aber bestimmt wird es jemand merken, wenn wir weg sind!«

»Nicht, wenn wir uns beeilen. Wenn wir gleich losgehen, sind wir lange vor dem Ende der Kirmes wieder zurück, und dann wird kein Mensch etwas merken. Also, was ist?«

Eine leise innere Stimme riet Lilly, abzulehnen. Doch sie überhörte sie geflissentlich. Die Versuchung war zu groß ...

»Na schön«, flüsterte sie schließlich.

»Super! Dann nichts wie los! Am besten, wir nehmen den

Klippenweg, um an den Strand zu kommen. Ich hab mein Rad dabei. Was ist mit dir?«

»Ich habe kein Fahrrad.« Im ersten Moment war Lilly sehr enttäuscht, doch dann leuchteten ihre Augen auf. »Hey, ich könnte Lark nehmen. Wenn dann jemand nach mir sucht, wird er annehmen, ich sei ausgeritten.«

»Gut! Also, auf! Ich zieh mich nur kurz um. Wir treffen uns hinter dem Vereinsheim, okay?«

Fünf Minuten später brachen sie auf. Niemand sah die beiden Mädchen auf dem wenig benutzten Pfad, der zu den Klippen führte. Hannah, die alle Wege und Abkürzungen kannte, radelte in einem beängstigenden Tempo über den holprigen Weg, während Lilly ihr auf Larks Rücken folgte.

Der Lärm der Kirmes hinter ihnen wurde leiser, und bald konnte Lilly nur noch Larks rhythmische Hufschläge und die gelegentlichen Schreie einer Seemöwe hören. Ihr Magen schlug wie am Morgen Purzelbäume vor Aufregung, nun aber aus einem ganz anderen Grund. Hin und wieder meldete sich die leise innere Stimme zu Wort und sagte ihr, sie solle es nicht tun, auf keinen Fall. Es sei total verrückt. Sie hätte jemandem Bescheid sagen sollen, Joel zumindest ...

Aber Joel hätte ihr abgeraten und versucht, es ihr auszureden. Und sie wollte es unbedingt, mehr als alles andere ...

Entschlossen schob sie die innere Stimme beiseite und auch ihre Angst. Hannah hatte einen großen Vorsprung, und hinter dem violetten Fahrrad, das in einem Höllentempo dahinflitzte, konnte Lilly die Bucht und den Strand sehen.

Lilly stieß Lark die Fersen in die Flanken, um sie zu einem schnelleren Tempo anzutreiben.

9. Kapitel

Die *Meerjungfrau* lag noch an der Stelle, an der Mr Roskear sie abgestellt hatte, zusammen mit mehreren anderen Booten, unweit des Parkplatzes oberhalb der steinigen Böschung.

»Geh und frag, ob du Lark oben beim Café anbinden darfst«, sagte Hannah. »Ich versuche in der Zeit, jemanden aufzutreiben, der uns hilft, das Boot zum Wasser zu tragen.«

Wegen des Dorffestes war der Strand zwar deutlich weniger bevölkert als sonst, aber es waren doch genügend Leute da, sodass Hannah die nötigen Helfer rasch zusammengetrommelt hatte. Das Wasser zog sich gerade zurück und war wunderbar ruhig. Als Lilly vom Café zurückkehrte, hatten Hannah und drei kräftige junge Urlauber das Boot bereits die Böschung hinuntergeschleppt und schoben es nun auf dem kleinen Anhänger auf das Ufer zu.

Ein paar Neugierige hatten sich um sie geschart, doch es waren zum Glück keine bekannten Gesichter dabei. Als Hannah ins Boot kletterte, bekam Lilly es erneut mit der Angst zu tun. Doch sie nahm sich zusammen und stieg kurz entschlossen ebenfalls ins Boot. Der Außenbordmotor sprang jaulend an, und es dauerte nicht lange, bis sie über die flache Brandung auf das offene Meer zufuhren.

»Hoffen wir, dass wir genügend Benzin für den Hin- und Rückweg haben«, sagte Hannah.

»Wie bitte?« Lilly wurde kreidebleich.

»War doch nur ein Witz!«, sagte Hannah grinsend. »Keine Angst! Ich habe nachgeschaut. Ich weiß, was ich tue.«

Sie lenkte das Boot mit einer Zuversicht, um die Lilly sie beneidete. Vorsichtig fuhren sie an den Badenden und einem Rettungsschwimmer auf seinem großen Brett vorbei, der Hannah offenbar erkannt hatte und ihr zuwinkte.

»Kennt der dich?«, fragte Lilly besorgt.

»Ja, aber mach dir keine Sorgen. Er glaubt sicher, dass mein Vater Bescheid weiß und es uns erlaubt hat.«

Hannah drehte das Steuerruder herum, als ihnen eine Welle entgegenkam. Gischt spritzte auf, sie wurden hochgehoben und sanken auf der anderen Seite wieder herunter.

»Der Wellengang ist stärker als neulich beim Wettschwimmen«, kommentierte Hannah.

Lillys Herz begann schneller zu schlagen. »Aber nicht zu stark, oder?«, fragte sie ängstlich. »Ich meine, könnte es gefährlich sein?«

»Nein, alles in Ordnung. Die Fahrt könnte nur etwas ungemütlicher werden als letztes Mal, das ist alles.«

Lilly fand, dass ›etwas ungemütlicher‹ viel zu milde ausgedrückt war. Sie wollte es sich zwar nicht eingestehen, aber sie hatte plötzlich ziemliche Angst. Gut, Hannah kannte sich aus. Aber das Meer war unberechenbar.

Und das Graue Pferd ebenfalls ...

Lilly drehte den Kopf und schaute zum Strand zurück, der schon erschreckend weit hinter ihnen lag. Sie hatten die planschenden Urlauber zurückgelassen, und der Rettungsschwimmer auf seinem Brett hatte sie nicht mehr im Auge. Lilly zwang sich, den Kopf wieder nach vorn, Richtung Löwenfels zu wenden. Und auf einmal wurde ihre Angst von einem anderen, weitaus stärkeren Gefühl abgelöst. Es kam ihr so vor, als würde der Fels – oder etwas in seinem Inneren – sie rufen! Ihr Herz klopfte nicht mehr vor Angst, sondern vor Sehnsucht. Sie kam der Auflösung des Rätsels immer näher, das spürte sie mit einer stärkeren Gewissheit als jemals zuvor. Sie konnte und wollte nicht mehr umkehren. Was immer sie auch erwartete, sie musste es sich anschauen!

Ihre Finger schlossen sich um den gläsernen Talisman an ihrem Armkettchen. Er fühlte sich warm und vertraut an. Das Blaue Pferd war nicht weit. Und es würde ihr helfen, wie früher schon.

»Alles okay?«, fragte Hannah über das Brummen des Motors hinweg.

Lilly lächelte. »Ja«, sagte sie, und es war aufrichtig gemeint. »Alles bestens.«

Joel stand vor der Tribüne auf dem Sportplatz, auf der die Musikkapelle spielte, als einer der Organisatoren auf ihn zugeeilt kam.

»Joel, hast du Hannah irgendwo gesehen?«

»Nein«, antwortete Joel.

»Oh. Weißt du, sie ist verschwunden und ihr Rad ebenfalls. Wir sind ziemlich sauer. Als Prinzessin sollte sie den ganzen Tag über dabei sein und nicht nur so lange, wie sie Lust hat.« Der Mann seufzte. »Ich hatte gehofft, dass du oder deine Freundin Lilly wisst, wo Hannah abgeblieben sein könnte.«

Joel schüttelte den Kopf. »Ich nicht, aber vielleicht weiß Lilly etwas. Ich denke, sie ist noch bei den Pferden. Soll ich zu ihr gehen und sie fragen?«

»Ja, bitte. Sag ihr, dass wir Hannah im Festzelt brauchen, und zwar dringend!«

Der Mann ging wieder fort, und Joel rannte quer über den Sportplatz zum Pferdeanhänger. Die Pferde standen dahinter. Nein, Lark fehlte. Ratlos umrundete Joel den Anhänger. Wo war Lilly?

Er runzelte die Stirn. Okay, Lilly könnte unterwegs sein, um sich die Verkaufsbuden anzuschauen. Aber dann hätte sie Lark wohl kaum mitgenommen. Er überprüfte die Sättel und das Zaumzeug und stellte fest, dass Larks Geschirr ebenfalls fehlte. Komisch ... Er hätte Lilly doch sicher gesehen, wenn sie um den Sportplatz reiten würde. Außerdem wusste sie ja genau, dass die Pferde sich für später ausruhen sollten. Der Organisator hatte gesagt, dass auch Hannahs Fahrrad verschwunden war. Was führten die beiden Mädchen im Schilde?

Plötzlich hatte Joel das untrügliche Gefühl, dass hier etwas im Gange war, und zwar etwas, das ihm gar nicht gefiel. Er machte sich auf den Weg zum Vereinsheim und hielt dabei Ausschau nach Lilly oder Hannah. Als er an einer schmalen Lücke in der Hecke vorbeikam, die den Sportplatz umgab, blieb er unvermittelt stehen.

Von dieser Lücke aus führte ein Trampelpfad zu den Klippen. Da es in letzter Zeit nicht geregnet hatte, war die Erde locker und staubig. Und im Boden sah Joel zwei Arten von Abdrücken: die von Hufeisen und die Reifenspuren eines Fahrrads!

Während er noch auf die Abdrücke starrte, schossen ihm mehrere Gedanken gleichzeitig durch den Kopf. Suchend blickte er über den Sportplatz. In einiger Entfernung entdeckte er eine vertraute Gestalt. Joel rannte auf sie zu.

»Mrs Weston!«

Lillys Großmutter drehte den Kopf und lächelte Joel zu.

»Hallo, Joel!«

»Wissen Sie, wo Lilly steckt?«, rief Joel außer Atem.

»Nein, ich habe sie nicht gesehen.« Jetzt erst merkte Nan, wie aufgeregt Joel war. »Ist etwas passiert?«

»Ich weiß nicht«, antwortete Joel. »Aber es wäre möglich.« Er erzählte ihr, dass Hannah, Lilly und Lark wie vom Erdboden verschwunden waren und dass er Hufabdrücke und Radspuren auf dem Trampelpfad entdeckt hatte. Nans Miene wurde immer ernster.

»Joel«, sagte sie, »wohin führt dieser Pfad?«

»Zu den Klippen«, erklärte ihr Joel. »Und von dort weiter an den Strand.«

Offenbar schoss beiden derselbe Gedanke durch den Kopf, und Nan sagte: »Komm, wir nehmen mein Auto.« Sie blickte sich suchend um. »Wenn Mr Brewer doch nur hier wäre! Vorhin war er noch da, aber ich weiß nicht, wo er jetzt steckt.«

»Ich hab mein Handy dabei«, sagte Joel. »Soll ich ihn anrufen?«

»Ja, das ist eine gute Idee!« Nan durchwühlte ihre Handtasche und zog einen Zettel heraus. »Hier ist seine Nummer! Sag ihm, er soll bitte zum Strand kommen!«

Innerhalb kürzester Zeit saßen sie im Auto und fuhren auf die Küstenstraße zu. Joel erreichte Mr Brewer. Er war gerade im Dorf, versprach aber, so schnell wie möglich nachzukommen. Die Straße führte oberhalb der Klippen entlang, und Joel lehnte sich aus dem Fenster und hielt Ausschau nach einem Pferd oder einem Fahrrad. Doch er sah nichts. Erst als es bergab ging und sie auf den großen Parkplatz zufuhren, machte sein Herz einen Sprung.

»Da ist Lark!« Er zeigte auf das Café.

»Dann sind sie tatsächlich hier.« Nan klang erleichtert. Schwungvoll kurvte sie in eine leere Parklücke und schaltete den Motor aus. Joel sprang aus dem Wagen und rannte an den Rand der Böschung. Nan folgte ihm, und gemeinsam schauten sie am Strand auf und ab.

»Ich kann sie nirgends sehen«, sagte Nan schließlich. »Komm, wir fragen jemanden.«

Joel schwieg, und als sie ihn fragend anblickte, sah sie, dass er auf die Boote neben dem Parkplatz starrte.

»Joel? Was ist?«

»Mr Roskears Boot.« Joels Stimme klang kratzig. »Es lag da unten bei den anderen. Und jetzt ist es nicht mehr da.«

Im ersten Moment blieb Nan stumm. Dann sagte sie: »Jemand muss sie gesehen haben. Schnell – hören wir uns mal um!«

Es dauerte nur wenige Minuten, bis sie wussten, was geschehen war. In Ufernähe stießen sie auf einen Urlauber, der

Hannah geholfen hatte, das Boot ins Wasser zu schleppen, und er hatte noch nicht ausgeredet, als der Rettungsschwimmer dazukam, der auf seinem Brett draußen gewesen war.

»Sie sind Richtung Löwenfels gefahren«, sagte er. »Aber machen Sie sich keine Sorgen. Das Meer ist sehr ruhig, und Hannah kann gut mit dem Boot umgehen. Sie hätte es sicher nicht genommen, wenn ihr Vater es ihr nicht erlaubt hätte, nicht wahr?« Nach einem Blick in die Gesichter von Nan und Joel fügte er unsicher hinzu: »Oder doch?«

Nans Besorgnis wurde größer. »Rufen Sie das Rettungsboot«, bat sie den Rettungsschwimmer.

»Das dauert zu lange«, sagte Joel. »Ich werde fahren. Ich nehme das Boot von Jerry Martin, er hat sicher nichts dagegen. Und ich kann ihm später dann alles erklären.«

»Nein, Joel!«, widersprach Nan heftig. »Du kannst unmöglich allein fahren.«

»Ich kann genauso gut mit einem Boot umgehen wie Hannah«, sagte Joel. »Ich muss sie finden, Mrs Weston. Ich habe ja mein Handy dabei, und falls es irgendwelche Probleme gibt, rufe ich an.« Er warf einen Blick zum Parkplatz. »Können Sie ein paar Leute zusammentrommeln, die mir helfen, das Boot ins Wasser zu tragen?«

Auf halber Höhe der Böschung stießen Joel und der Rettungsschwimmer auf Mr Brewer, der ihnen entgegengeeilt kam. Joel erklärte ihm die Lage in wenigen Sätzen, und der Forscher versprach sofort, mitzuhelfen. Ein zweites Boot, etwas kleiner als das von Mr Roskear, aber mit einem stärkeren Motor, wurde zum Ufer geschleppt und ins Wasser geschoben. Joel sprang hinein und gab Vollgas.

»Ich hätte es nicht zulassen dürfen«, wandte sich Nan besorgt an Mr Brewer. »Irgendwie habe ich kein gutes Gefühl bei der Sache. Als wenn ...«

»Als wenn was?« Der Forscher schattete seine Augen mit einer Hand ab, während er Joels Boot nachblickte, das mit hohem Tempo davonschoss.

»Ich weiß nicht. Lilly glaubt, das Blaue Pferd würde sie beschützen. Aber ich bin mir nicht sicher, ob es das kann.«

»Gibt es etwas, das *wir* tun können?«, fragte Mr Brewer.

Ein Gedanke schoss Nan durch den Kopf. »Es klingt verrückt«, sagte sie, »aber irgendwie musste ich gerade an die Figur des Grauen Pferdes denken. Mein Instinkt sagt mir, dass sie hier sein sollte.«

»Gut, dann werde ich sie holen«, sagte Mr Brewer ohne zu zögern. Er blickte ernst drein. »Damals im Frühling habe ich gelernt, dass man seinen Instinkten trauen sollte.«

»Ja – ja, Sie haben recht.«

Nan, die sich bis eben noch so hilflos gefühlt hatte, wirkte auf einmal sehr entschlossen. Ja, das war das einzig Richtige. Das war es, was das Blaue Pferd von *ihr* wollte.

»Hier ist mein Schlüssel.« Sie zog ihn aus ihrer Handtasche und reichte ihn Mr Brewer. »Die Figur ist in meinem Atelier, in der obersten Schublade der großen Kommode. Und noch eines, Mr Brewer: Beeilen Sie sich, *bitte*!«

Er nickte nur kurz, drehte sich auf dem Absatz um und rannte auf sein Auto auf dem Parkplatz zu.

10. Kapitel

Lilly musste sich zwingen, die Augen offen zu halten, als die *Meerjungfrau* auf den Graben zufuhr, der die beiden Hälften des Löwenfelsens trennte. Hier draußen waren die Wellen um einiges höher; eine heftige Brandung schlug an den Fuß der Felsen, und von den zurücklaufenden Wellen wurde das kleine Boot so ruckartig hin und her geworfen, dass man sich fast wie in einer Achterbahn vorkam.

»So schaffen wir es nicht«, sagte Hannah nach einer Weile. »Die Strömung vom Meer her ist zu stark. Wir müssen auf die andere Seite fahren und es von dort aus probieren.«

Lilly nickte und klammerte sich noch fester an den Bootsrand, als Hannah das Steuerruder herumschwang. Sie fuhren seitlich am Felsen vorbei, und Hannah achtete darauf, den nötigen Abstand zwischen ihnen und der Brandung einzuhalten. Beklommen fragte sich Lilly, was sie auf der anderen Seite wohl vorfinden würden. Doch beim Näherkommen wurde sie etwas ruhiger. Es war nur ein gespaltener Fels im Meer, sonst nichts.

»Schau, da ist die Einfahrt in den Graben.« Hannah zeigte

auf die dunkle Öffnung. »Sie ist ziemlich breit. Dürfte kein Problem sein. Halt dich fest! Es geht los!«

Langsam und vorsichtig steuerte sie das Boot auf die Öffnung zu. Sobald sich die beiden Felswände zu beiden Seiten neben ihnen auftürmten, wich das Sonnenlicht dunklen Schatten, und das Tuckern des Bootsmotors hallte ungewöhnlich laut wider. Obwohl Hannah versuchte, die Geschwindigkeit zu drosseln, trug die Strömung sie gnadenlos vorwärts. Doch davon merkte Lilly nichts. Sie stand voll und ganz im Bann der eindringlichen Stimme in ihrem Kopf, die ihr sagte, was sie zu tun hatte. *Im Inneren des Felsens,* sagte sie. *Im Inneren des Felsens ...*

Mit weit aufgerissenen Augen starrte Lilly in die Finsternis vor ihr. Die Wände waren voller Löcher, genau wie Mr Thomas gesagt hatte. Und eines der Löcher war wesentlich größer als die übrigen.

»Da!«, rief sie über das Dröhnen des Motors und das Rauschen der Brandung hinweg. »Siehst du den Felsvorsprung dort, genau unter der großen Öffnung in der Felswand? Da müssen wir hin!«

»Wow!«, keuchte Hannah. »Mehr verlangst du nicht von mir?«

»Ich muss da hin!«, rief Lilly. »Versuch es, Hannah, bitte!«

»Na schön, wenn du meinst ... Aber gut festhalten!«

Der Motor heulte auf, als Hannah gekonnt an dem Vorsprung vorbeisteuerte und dann blitzschnell herumschwenkte. Das Boot kippte kurz so beängstigend zur Seite, dass Lilly befürchtete, sie würden herausfallen. Doch der vorspringende Felsabschnitt schützte sie vor der schlimmsten Strömung, und auf seiner anderen Seite war das Wasser etwas ruhiger.

»Da ist eine kleine Felsnase!«, rief Hannah. »So ein Glück! Daran können wir das Boot vertäuen!«

Lilly vermutete, dass das keine Sache von Glück und auch kein Zufall war, doch das behielt sie lieber für sich. Sie griff nach dem Tau und schlang es rasch um die Spitze, während Hannah das Boot geschickt abbremste. Hannah vertäute das Boot sachkundig und stellte den Motor ab. Dann kletterten die Mädchen auf den Felsvorsprung.

Die darüber liegende Öffnung sah wie der Eingang zu einer kleinen Höhle aus. Die Mädchen streckten die Köpfe hinein und sahen, dass ein Gang weiter führte. Hannah bekam eine Gänsehaut.

»Das sieht ja richtig gespenstisch aus. Ich hab keine Taschenlampe dabei. Du?«

»Nein.« Lilly hätte sich schwarzärgern können, weil sie nicht daran gedacht hatte. Doch als sie in den Tunnel starrte, sah sie weiter hinten plötzlich einen blassen Schimmer.

»Ganz dunkel ist es zum Glück nicht«, sagte sie, um Hannah aufzumuntern. »Schau, dahinten ist ein schwacher Lichtschein. Wahrscheinlich gibt es da eine Öffnung nach oben.« Sie machte einen ersten Schritt. »Komm! Ich will sehen, wohin dieser Gang führt.«

Zum Glück war der Tunnel so hoch, dass sie fast aufrecht stehen konnten. Lilly marschierte als Erste mit eingezogenem Kopf los. Hannah zögerte zuerst, folgte ihr dann aber.

Doch schon nach ein paar Metern endete der Tunnel abrupt. Ungläubig riss Lilly die Augen auf, als sie sah, was vor ihnen lag. Sie standen auf einer Art Gesims, einer breiten Felsplatte innerhalb einer Höhle, die von einem gespenstischen, phosphoreszierenden Glühen erfüllt war. Die Felsplatte war sehr breit und ging links und rechts von ihnen weiter. Und darunter, am Boden, befand sich ein riesiger Tümpel, fast ein See, mit absolut reglosem Wasser.

»Himmel ...«, flüsterte Hannah ergriffen.

Löwenfels ... Lynfels ... ein See! Lillys erster Instinkt hatte sie nicht getäuscht!

Auf der anderen Seite des Sees war etwas zu sehen. Im ersten Moment konnte Lilly nicht ausmachen, was es war, doch nachdem sich ihre Augen an das merkwürdige Dämmerlicht gewöhnt hatten, konnte sie etwas mehr erkennen. Es war ein sich aufbäumendes Pferd, mit groben Strichen in die Felswand eingemeißelt. Doch im Gegensatz zu der Figur, die Lilly aus den Händen gefallen war, war dieses Pferd hier lebensgroß.

»Hannah, schau mal!«, wisperte sie.

»Ich kann es kaum glauben!« Auch Hannah war beeindruckt. »Wer, um alles in der Welt, hat das gemacht?«

Lilly schüttelte den Kopf. Sie wusste es auch nicht, aber dafür schoss ihr eine andere Frage durch den Kopf. War es ein Abbild des Blauen oder des Grauen Pferdes? Sie war sich ganz sicher, dass das Blaue Pferd sie hierhergerufen hatte, und folglich konnte es wohl kaum die Höhle des Grauen Pferdes sein. Trotzdem war ihr beim Anblick der Felszeichnung nicht wohl in ihrer Haut. Sie strahlte etwas Bedrohliches aus. Als wenn –

»Lilly, mir gefällt es hier nicht.« Hannahs bebende Stimme

riss Lilly aus ihren Grübeleien. »Ich finde es irgendwie gruselig. Ich glaube, wir sollten wieder umkehren.« Sie drehte sich um und wollte in den Tunnel zurückgehen.

»Nein, Hannah!«, widersprach Lilly. »Wir können nicht gehen, gerade jetzt, nachdem wir das hier entdeckt haben!«

»Ist mir egal«, sagte Hannah trotzig. »Es ist nicht nur gespenstisch, sondern es kommt mir auch irgendwie gefährlich vor. Ich gehe ins Boot zurück, und wenn du auch nur einen Funken Verstand hast, kommst du mit!«

»Hannah!«, rief Lilly verzweifelt.

Doch Hannah stürmte bereits davon.

Lilly zögerte. Sie wollte unbedingt noch bleiben und herausfinden, was es mit dieser Höhle auf sich hatte. Aber der Gedanke, ganz allein zu sein, gefiel ihr nicht. Sie sollte Hannah folgen. Vielleicht konnte sie ihr gut zureden, sie davon überzeugen, dass alles in Ordnung war und keine Gefahr bestand. Diese panische Reaktion sah Hannah eigentlich gar nicht ähnlich ...

»Warte!«, rief Lilly und drehte sich ebenfalls um. Und dann hörte sie aus der Ferne einen Schrei.

»O nein! Lilly – Lilly, komm *schnell*!«

Erschrocken hastete Lilly durch den dunklen Gang. Was sie am Ausgang erblickte, jagte ihr einen Schreck ein. Das Meer war plötzlich viel rauer geworden. Weiße Wellenkämme peitschten durch den Kanal, und das Boot schaukelte und tanzte so heftig hin und her, dass das Tau jeden Augenblick zu zerreißen drohte. Irgendwie war es Hannah aber gelungen, ins Boot zu springen, und nun versuchte sie, den Außenbordmotor anzulassen.

»Schnell!«, wiederholte sie. »Spring rein! Mensch, beeil dich!«

Auf einmal rutschte die Schlinge des Taus von der Felsnase. Sofort wurde das Boot von der kraftvollen Strömung gepackt und vom Felsen weggetrieben. Hannah packte das Tau und warf es Lilly zu, doch es verfehlte sein Ziel und fiel ins Wasser. Verbissen zog Hannah an dem Seilzug, um den Motor zu starten. Doch er stotterte nur kurz, sprang aber nicht an.

Dann wurde das Boot von einer großen Welle gepackt. Es wurde hin und her geworfen und tiefer in den Kanal gespült. Hannah kreischte, rief nach Lilly, aber Lilly konnte ihr nicht helfen. Ohnmächtig musste sie mit ansehen, wie das Boot von der Strömung mitgerissen wurde. Lilly konnte für einen kurzen Augenblick noch Hannahs kreideweißes Gesicht sehen, ehe die *Meerjungfrau* ruckartig und schlingernd um eine Biegung getrieben wurde und nicht mehr zu sehen war.

»Hannah!«, rief Lilly. *»Hannah!«*

Doch von Hannah kam keine Antwort. Dafür aber von etwas anderem. Aus dem Inneren der Höhle ertönte mit einem furchterregenden Echo ein Gerumpel, das zum Teil wie ein Wiehern und zum Teil wie ein hämisches Lachen klang.

Lilly hatte dieses Geräusch schon einmal gehört ... Mit einem stummen Aufschrei taumelte sie zurück in den Tunnel – und erstarrte an der Schwelle zur Höhle.

Das in die Felswand gemeißelte Pferd war verschwunden. An seiner Stelle stand nun ein leibhaftiges Pferd, riesig und bedrohlich, mit Augen, die wie kaltes Feuer leuchteten. Es hatte den Kopf gesenkt, die Ohren flach an den Kopf angelegt. Und sein Fell hatte die Farbe des Meeres bei einem Sturm.

Das Graue Pferd! Lillys Gedanken überschlugen sich, als ihr bewusst wurde, dass sie einen schrecklichen Fehler gemacht hatte. Sie hatte geglaubt, das Blaue Pferd würde sie zum Löwenfelsen rufen, doch sie hatte sich getäuscht! Das Graue Pferd hatte sie hereingelegt! Es hatte sie in seine Festung gelockt, und nun war sie in Lebensgefahr!

Ebenso wie Hannah ...

Plötzlich verwandelte sich Lillys Angst in Wut, und sie brüllte die Erscheinung an: »Du hast Hannah wegtreiben lassen!« Ihre Stimme überschlug sich fast. »*Ich* bin deine Gegnerin, nicht sie! Wenn du jemanden angreifen willst, dann mich! Lass sie gefälligst aus dem Spiel!«

Das Graue Pferd schnaubte nur abfällig und stampfte mit dem Vorderhuf auf den felsigen Untergrund, was sich anhörte, als würde ein Hammer auf Metall schlagen. Es schien sich über Lilly lustig zu machen, versuchte jedoch nicht, sie anzugreifen. Warum?, fragte sich Lilly. Was hatte es vor? Denn gleich würde etwas passieren, das spürte Lilly ganz deutlich. Sie wusste, dies würde ihre letzte Auseinandersetzung sein – die letzte Schlacht, bei der es darauf ankam, wer die größere Willenskraft hatte.

Lillys Wut erlosch ebenso plötzlich, wie sie gekommen war, und große Angst packte sie. Sie dachte an all die früheren Angriffe des Grauen Pferdes zurück, bei denen es versucht hatte, sie zu töten. Und jedes Mal hatte Moonlight ihr das Leben gerettet. Doch nun, da Moonlight verschwunden war, hatte Lilly niemanden mehr, der ihr beistehen konnte.

Lilly versuchte, sich das Blaue Pferd bildlich vorzustellen, doch es war unmöglich. Tausend andere Bilder schossen ihr durch den Kopf: Nans Gemälde, ihre Träume, Moonlight ... Ohne dass Lilly es bemerkt hätte, hatten sich ihre Finger um das Handgelenk der anderen Hand geschlungen, um ihren gläsernen Talisman, der an einem silbernen Kettchen hing.

Das Graue Pferd schnaubte erneut, vor Zorn bebend, und hob den Kopf. Als seine blitzenden Augen Lilly durchbohrten, spürte sie, wie die Luft um sie herum eiskalt wurde. Und zum zweiten Mal hallte das gespenstische wiehernde Gelächter durch die Höhle ... gefolgt von einem Knacken und Ächzen hoch über Lillys Kopf.

Überrascht blickte sie nach oben. Die Decke der Höhle schien zu beben. Der Felsvorsprung, auf dem sie stand, kam ins Rutschen, und Lilly hätte beinahe das Gleichgewicht verloren. Im ersten Moment dachte sie, es sei der Beginn eines Erdstoßes, wie damals im Frühling, als die ganze umliegende Gegend gebebt hatte.

Doch es war kein Erdstoß. Mit Schrecken wurde Lilly klar, dass die Wände und das Dach der Höhle näher kamen. Langsam, aber sicher zog sich der gewaltige Löwenfels in sich zusammen. Wenn es so weiterging, würde sich der Graben wieder schließen, und beide Ausgänge würden verschwinden. Dann würde der gespaltene Fels wieder zu einem einzigen Felsblock verschmelzen – und sie würde zerquetscht werden!

Auf der anderen Seite des Sees warf das Graue Pferd siegessicher den Kopf zurück – und verschwand!

Entsetzt schrie Lilly: »Moonlight! Oh, Moonlight! Blaues Pferd, rette mich! Ich brauche deine Hilfe! Sofort!«

11. Kapitel

Das Meer wurde rauer, je näher Joel dem Löwenfelsen kam. Noch machte er sich keine allzu großen Sorgen, doch ihm war klar, dass er umkehren müsste, falls die Wellen noch höher ansteigen würden. Während das Boot weitertuckerte, hielt Joel nach einem Zeichen von Lilly und Hannah Ausschau. Doch weit und breit war nichts von ihnen zu sehen.

Erst als er den Felsen schon fast erreicht hatte, sah er, dass sich am Eingang zu dem Graben etwas bewegte. Dieses Etwas bewegte sich sehr schnell – und im nächsten Moment konnte Joel sehen, dass es ein kleines Boot war, das wie ein Korken auf den aufgewühlten Wellen tanzte.

Joel erkannte das gelbe Boot sofort. Ihm war klar, dass es völlig außer Kontrolle war. Und dass sich nur ein einziges Mädchen an Bord befand.

Hannah hatte Mühe, das eingedrungene Wasser aus der *Meerjungfrau* zu schöpfen, als sie plötzlich jemanden ihren Namen rufen hörte. Rasch hob sie den Kopf.

»Joel! Oh, Joel, hilf mir!«

Joel fuhr so schnell wie möglich zu ihr. Hannah warf ihm

das Ende ihres Taus zu, und er schleppte sie von der wilden Brandung zwischen den beiden Felsen fort in ruhigeres Gewässer.

»Ich ... ich kriege den Motor nicht an«, schluchzte sie, als die beiden Boote zusammenstießen.

»Wo ist Lilly?« Joels Stimme klang merkwürdig heiser.

»Dahinten!« Hannah zeigte auf den Löwenfelsen und erzählte ihm in aller Eile, was geschehen war. »Wir müssen sie retten!«

Entsetzt wurde Joel klar, dass es zu lange dauern würde, die *Meerjungfrau* an den Strand zu bringen. Bis sie zurück wären, konnte Lilly schon alles Mögliche zugestoßen sein und jede Hilfe zu spät kommen.

»Hannah, versuch noch mal, den Motor anzulassen!«, rief er hastig. »Mach schon! Versuch es!«

Mit zittrigen Fingern zog Hannah am Seilzug. Nichts geschah. Sie versuchte es noch einmal und noch einmal – und endlich begann der Motor zu rattern und sprang an.

»Fahr so schnell wie möglich zum Strand!«, sagte Joel. »Such Lillys Großmutter und sag ihr, was los ist!«

»Und was ist mit dir?«

»Ich muss zum Felsen!«

»Aber Joel ...«

»Red nicht lange! Tu, was ich gesagt habe!«

Joel warf ihr das Tau wieder zu, und noch ehe sie etwas erwidern konnte, hatte er sein Boot schon gewendet und düste mit aufheulendem Motor davon. Ein paar Sekunden lang blickte Hannah ihm benommen nach. Doch dann wendete sie und raste mit Höchstgeschwindigkeit auf die Küste zu.

Joel sah auf den ersten Blick, dass es unmöglich war, von dieser Seite aus in den Kanal zu fahren. Der Gezeitenstrom war viel zu heftig. Er musste den Felsen wohl oder übel umrunden, auch wenn er dadurch wertvolle Minuten verlor.

Er holte das Letzte aus dem Motor heraus. Auf der anderen Seite des Felsens war das Meer sehr viel rauer, und im Südwesten zogen Gewitterwolken auf. Das Wetter schien umzuschlagen, viel zu abrupt, wie er fand. Das war nicht normal. Es kam ihm so vor, als würde eine übernatürliche Macht dahinterstecken ...

Dann sah er den Eingang zum Graben, und seine Hoffnungen, von dieser Seite hineinfahren zu können, zerschlugen sich. Die Flut stieg rasch an, und die Wassermassen ergossen sich mit einer unglaublichen Wucht in den Graben – viel zu heftig und zu schnell für sein Boot. Er konnte es nicht wagen!

Mit wachsender Verzweiflung wurde Joel klar, dass er nur eines tun konnte: Er musste das Rettungsboot rufen. Hektisch holte er sein Handy hervor. Doch gerade als er die Notrufnummer eintippen wollte, wurde sein Boot von einer riesigen Welle hochgehoben und herumgewirbelt. Instinktiv griff Joel nach dem Steuerruder, um das Boot unter Kontrolle zu bekommen. Zu spät! Hinter ihm türmte sich eine Monsterwelle auf. Joel sah sie kommen, hatte aber keine Chance, irgendetwas zu tun, ehe sie ihn mit voller Wucht breitseitig traf und hochriss. Das Handy fiel ihm aus der Hand und über Bord, und noch im selben Moment brach die Welle über Joel zusammen. Der Motor erstarb – und als die Welle sich noch mehr aufbäumte, wurde das Boot direkt in den Eingang zum Graben gespült. Joel konnte sich nur noch mit beiden Händen am Bootsrand festklammern. Das Wasser strömte ihm über Gesicht und Hände, doch er konnte sehen, wie sich die Welle hinter ihm überschlug, und einen schrecklichen Augenblick lang kam es ihm so vor, als hätte sie die Umrisse eines grauen Pferdekopfes.

Doch er hatte keine Zeit, sich darüber zu wundern. Sein Boot wurde mit schwindelerregender Geschwindigkeit in den Graben gerissen und so gnadenlos hin und her geworfen und herumgewirbelt, dass Joel befürchtete, es könne jeden Augenblick an einer der steil aufragenden Felswände zerschellen. Ein weiterer Wasserschwall ergoss sich in das Boot. Es würde sich nicht mehr lange über Wasser halten können, jeden Moment konnte es untergehen ...

Plötzlich schrammte das Boot knirschend an einem Felsvorsprung entlang. Einen Moment lang stand es still, und Joel zögerte nicht lange. Er machte einen Satz, klammerte sich mit beiden Händen an den Felsen und zog sich mit großer Mühe nach oben. Es war Rettung in letzter Sekunde. Denn während er noch bäuchlings auf dem felsigen Untergrund lag, wälzte sich eine weitere Riesenwelle durch den Graben, hob das Boot hoch und riss es mit sich fort. Im nächsten Augenblick war es verschwunden, während Joel noch keuchend dalag. Dieser Gefahr war er entronnen. Doch was erwartete ihn nun?

Langsam setzte er sich auf. Über das Tosen der Wassermassen hinweg hörte er ein schwaches, fast ersticktes Wimmern.

»Hilfe!«

Die Stimme schien von irgendwo hinter ihm zu kommen.

Joel drehte den Kopf und erblickte den Eingang zu einem Tunnel.

»Lilly?« Seine Stimme zitterte ein wenig. »Lilly!«

Ohne lange zu überlegen, stürmte er in den Tunnel. Schon nach wenigen Schritten erblickte er Lilly. Sie stand schwankend am Rand eines dunklen Tümpels, beide Hände vors Gesicht geschlagen, und er hörte sie rufen: »Blaues Pferd, hilf mir! Blaues Pferd, bitte, hilf mir!«

»Lilly!« Er rannte auf sie zu.

»Oh, Joel!«, schluchzte sie. »Das Graue Pferd war hier! Es hat die Sturmwellen erzeugt. Hannah wurde in ihrem Boot weggerissen ...«

»Sie ist okay«, beruhigte Joel sie. »Ihr ist nichts passiert. Ich habe sie an die Küste geschickt, um Hilfe zu holen.«

»Zu spät. Schau!« Mit angsterfüllten Augen zeigte Lilly auf die Felswände. »Sie kommen immer näher. Die Wände verschmelzen wieder zu einem einzigen Fels. Wir müssen sofort hier weg!«

Joel riss die Augen auf. »Das geht nicht. Mein Boot ...«, fing er an, doch weiter kam er nicht. Aus den Tiefen des Felsens kam ein Rumpeln und Grollen. Joel brüllte: »Achtung!«, und stieß Lilly zur Seite.

Im selben Moment stürzte der Tunnel hinter ihnen ein. Krachend fielen Steine und Geröll herunter – und als das Gepolter aufhörte, war der Ausgang des Tunnels blockiert.

Lilly und Joel standen wie angewurzelt da und starrten ungläubig auf die Stelle, wo bis eben der Tunnel zum Graben geführt hatte. Erst nach einer Weile sagte Lilly leise: »Wir sind eingeschlossen ...«

»Nein!«, rief Joel voller Verzweiflung. »Das *kann* ich nicht glauben!« Er rannte zu dem Geröllhaufen und begann, die Steine zur Seite zu schieben. »Hilf mir, Lilly! Es muss einen Weg geben, wie wir hier herauskommen! Es *muss* einen geben!«

Eine kleine Gruppe hatte sich am Strand versammelt, als die *Meerjungfrau* von der Brandung ans Ufer getragen wurde.

Hannah war tropfnass und sichtlich mitgenommen, doch sie ignorierte die Leute, die ihr helfen wollten, und rief aufgeregt: »Mrs Weston! Wo ist Mrs Weston?«

Nan drängte sich nach vorne. »Hannah – was ist mit Lilly?«

»Sie ist in einer Höhle, mitten im Felsen! Joel wollte zu ihr ... Oh, Mrs Weston, dort drin ist etwas ganz Schreckliches! Ein riesiges Bild in der Wand, wahrscheinlich ein Pferd – es war so gruselig! Es hat mir richtig Angst gemacht. Ich habe Lilly angefleht, mit mir umzukehren, aber dann hat sich das Tau gelöst, und sie konnte nicht mehr rechtzeitig ins Boot springen, weil ich weggespült wurde, und dann ...«

»Schon gut, Kind, schon gut«, versuchte Nan sie zu beruhigen. Sie hatte genug gehört. »Komm! Da sind die Bademeister. Die werden sich um dich kümmern und dafür sorgen, dass du trockene Sachen bekommst.«

Die Bademeister führten Hannah fort, und die Menge folgte ihnen. Nan schaute betroffen zum Himmel, der mit jeder Sekunde dunkler wurde. Auch das Meer wurde zusehends rauer. Einen so abrupten Wetterwechsel hatte Nan noch nie erlebt, und ihr war klar, was dahintersteckte. Sie brauchten

Hilfe – von mächtiger Seite. Jetzt konnte ihnen nur noch das Blaue Pferd helfen.

Doch wer außer Lilly hatte die Macht, es herbeizurufen?

Plötzlich sah Nan jemanden mit einer Tüte in der Hand auf sie zu laufen. Mr Brewer – mit der Pferdestatue!

»Was ist passiert?«, fragte er bestürzt, als Nan ihm entgegengerannt kam. »Ich habe Hannah gerade gesehen. Aber wo ist Lilly?«

In aller Eile erklärte ihm Nan, was sie wusste. »Lilly ist in großer Gefahr, da bin ich mir ganz sicher! Wir müssen versuchen, das Blaue Pferd zu beschwören!«

»Können wir das denn?«

»Das ist ja das Schlimme, ich weiß es nicht. Irgendwie hatte ich gedacht, dass wir die Figur dazu brauchen. Und jetzt habe ich sie, weiß aber nicht, was ich damit tun soll.«

Mr Brewer dachte angestrengt nach. »Erinnern Sie sich noch an den Spruch, den ich übersetzt habe? Und an die anderen Worte an der Felswand, und wie ich sie gedeutet habe?«

Nans Augen blitzten auf. »Ah, dass die Höhle im Tunnel so eine Art Festung sein könnte ...?«

»Richtig. Und wenn der Löwenfels die Festung des Grauen Pferdes ist, dann könnte der Tunnel in der Höhle am Strand oder der Ort, zu dem er führt, die Festung des Blauen Pferdes sein, nicht wahr?«

»Oh!« Nan sah ihn hoffnungsvoll an. »Das könnte die Antwort sein! Schnell, die Zeit drängt!«

Hinter der Landspitze war der Strand menschenleer. Nan und Mr Brewer rannten zu der Höhle und kletterten eilig über die großen Steine, die damals in der Nacht der Erdstöße heruntergestürzt waren und den Höhleneingang blockierten. Nan war heilfroh, dass Mr Brewer eine Taschenlampe dabeihatte. Sie wateten Seite an Seite durch den flachen Tümpel, um zu dem Tunnel im hinteren Teil der Höhle zu kommen. An einigen Stellen stieg der Gang steil an, und sie waren bald außer Atem. Mr Brewer hatte den Tunnel noch nicht in seiner ganzen Länge erforscht. Während sie nun weiterhasteten, fragten sich beide beklommen, was sie wohl vorfinden würden.

Doch dann endete der Tunnel abrupt.

»Nein!«, stöhnte Nan. »Das darf nicht wahr sein! Der Tunnel ist eine Sackgasse!«

»Moment mal!« Mr Brewer schwenkte die Taschenlampe hin und her. »Dort sind ein paar Wörter eingemeißelt.« Er kniff die Augen zusammen. »Sie sind kornisch, aber ... doch, ich kenne sie! Es handelt sich um die erste Strophe des Verses, dessen Übersetzung ich Ihnen gezeigt habe: *Im Innern des Felsens findest du Blau ...*«

»Schauen Sie – da!«, fiel Nan ihm ins Wort. »Das da sieht wie ein Pfeil aus.«

Mr Brewer schwenkte die Taschenlampe nach links. Der Lichtstrahl fiel auf einen etwa zwei Meter hohen Felsspalt.

»Da müssen wir hinein!«, sagte Nan bestimmt.

»Für mich ist der Spalt zu schmal«, entgegnete Mr Brewer, »aber ich denke, Sie dürften es schaffen. Hier, ich habe noch eine zweite Taschenlampe dabei.«

Nan nahm die Taschenlampe und zwängte sich durch die Öffnung. Sie war wirklich sehr schmal, und einen Moment lang befürchtete Nan, stecken zu bleiben. Doch dann drückte sie noch einmal und gelangte schließlich auf die andere Seite.

»Mrs Weston?«, rief Mr Brewer ihr nach. »Können Sie etwas sehen?«

Doch Nan hörte ihn nicht. Sie stand mit weit aufgerissenen Augen da, denn was sie vor sich sah, raubte ihr fast den Atem.

Sie stand in einer Höhle, die recht klein war, sodass ihre Taschenlampe ausreichte, um alles zu sehen. Nan sah, dass in die Felswand vor ihr die lebensgroße Abbildung eines Pferdes eingemeißelt war, das im Schein der Taschenlampe bläulich schimmerte.

Vorsichtig trat Nan einen Schritt näher. Die eingemeißelten Umrisse waren eindeutig mehrere Jahrhunderte alt. Das Pferd blickte in Richtung des Meeres und hielt den Kopf wachsam und stolz erhoben. Etwas daran erinnerte Nan an das Pferd auf ihrem eigenen Bild, das nun in Lillys Zimmer hing. Und auf einen Schlag begriff sie, was ihr die eingemeißelten Worte sagen wollten.

»Mr Brewer!«, rief sie. »Diese Übersetzung ... wie hieß die zweite Zeile noch mal?«

»Wie bitte? Ähm ... warten Sie. Es war etwas von ... O ja: *Zu meinen Füßen findest du Blau.* Ich habe aber keine Ahnung, was es bedeutet.«

»Ich schon, glaube ich.« Nan ging zu dem Pferd in der Felswand und bückte sich.

Zwischen den gemeißelten Vorderhufen funkelte ein kleines Glasstück. *Blaues Glas.* Es sah den Teilchen, aus denen sich Lillys Talisman zusammensetzte, verblüffend ähnlich.

Und da war noch etwas anderes. Ein paar in die Felswand geritzte Wörter, nur drei. Blitzschnell prägte Nan sie sich ein, dann nahm sie das Glasstück an sich und eilte zu der schmalen Öffnung zurück. Wieder quetschte sie sich hindurch. Mr Brewer erwartete sie bereits mit Spannung.

»Mr Brewer, was bedeutet: *Creia pha ve*?«

Er runzelte die Stirn. »Ich denke, es bedeutet ›Ruf mich herbei‹ oder etwas Ähnliches.«

Eine Botschaft des Blauen Pferdes, dachte Nan ...

»Ich muss an den Strand zurück!«, sagte sie hastig. »Ich kann es nicht lange erklären. Folgen Sie mir einfach, so schnell Sie können!«

Sie lief durch den Tunnel zurück in die Höhle und dann zum Ausgang. Was sie dort sah, jagte ihr einen Schreck ein: In der kurzen Zeit, die sie in der Höhle gewesen waren, hatten sich schwere, dunkle Wolken zusammengeballt, und das Meer hatte eine bedrohliche, schiefergraue Farbe angenommen. Weiße Wellenkämme erstreckten sich fast bis zum Horizont, und gewaltige Brecher wälzten sich mit einem beständigen dumpfen Donnern an den Sandstrand.

Nun liegt alles bei mir, dachte Nan in einem Anflug von Panik. Hoffentlich tue ich das Richtige!

Ein heftiger Windstoß warf sie fast um, als sie sich zum Löwenfelsen wandte und das blaue Glasstück hochhob. Hinter ihr war Mr Brewer aus der Höhle getreten, doch sie bemerkte ihn nicht. Sie konnte nur noch an Lilly denken.

So laut sie konnte, rief Nan: »Blaues Pferd! Blaues Pferd! Eile uns zu Hilfe! Blaues Pferd, ich rufe dich herbei!«

12. Kapitel

Im Inneren des Löwenfelsens rollte Joel verzweifelt einen Gesteinsbrocken nach dem anderen zur Seite, um den Ausgang freizulegen. Er wollte es sich nicht eingestehen, aber im Grunde genommen war ihm klar, dass er auf diese Weise nicht viel erreichte. Das Gewölbe der Höhle knackte und ächzte beängstigend, während sich die Felswände immer weiter zusammenschoben. Je kleiner der Raum um sie herum wurde, desto höher stieg der Wasserspiegel des kleinen Sees. Es war ein Wettlauf gegen die Zeit. Und es war ein Wettlauf, den sie nicht gewinnen konnten.

Joel warf einen Blick über die Schulter zu Lilly, die am Rand des Felsvorsprungs stand und wie hypnotisiert auf den dunklen Tümpel starrte. Da wurde er wütend.

»Lilly, steh nicht einfach herum!«, rief er ihr zu. »Hilf mir lieber!«

»Es nützt nichts.« Lillys Stimme war kaum mehr als ein Flüstern. »Wir bekommen den Eingang nicht frei. Wir kommen nie mehr heraus.«

»Dann tu etwas anderes! Ruf das Blaue Pferd herbei!«

»Das habe ich schon versucht. Das Blaue Pferd kann uns hier nicht erreichen. Es ist hoffnungslos.«

»Das darfst du nicht denken!«, rief Joel voller Verzweiflung. »Bitte, Lilly, versuch es noch einmal!«

Langsam schüttelte Lilly den Kopf.

Heftige Windböen pfiffen Nan um die Ohren, doch sie hielt stand. Noch einmal beschwor sie voller Verzweiflung die Macht des Blauen Pferdes. Im ersten Moment geschah nichts. Doch dann zuckte am fernen Horizont ein stahlblauer Blitz auf. Und Sekunden später erschallte über dem Meer ein gewaltiges Donnergrollen ...

Der laute Donner in der Ferne ließ Lilly und Joel heftig zusammenzucken. Joel sprang auf und schaute ängstlich nach oben, als befürchtete er, das Gewölbe der Höhle könne jeden Augenblick auf sie herabstürzen. Doch nichts geschah.

»Was war das?«, flüsterte Lilly.

»Keine Ahnung. Es kam auf jeden Fall von draußen. Es ...«

»Ah!«

Joel konnte nicht zu Ende reden, weil Lilly plötzlich wieder zusammenzuckte und das Kettchen an ihrem Handgelenk umklammerte. »Mein Talisman ...« Mit aufgerissenen Augen starrte sie auf den Anhänger. »Er *glüht*!«

Joel rannte zu ihr, um sich mit eigenen Augen davon zu überzeugen. Es stimmte, in den Tiefen des gläsernen Talismans flackerte ein Lichtschein, zuerst nur schwach leuchtend, dann aber heller und gleichmäßiger, bis sein bläuliches Schimmern schließlich die ganze Höhle ausfüllte.

»Das Blaue Pferd!«, rief Lilly. »Es versucht, mit uns Kontakt aufzunehmen!«

Von der anderen Seite des Sees ertönte ein Schnauben, das von den Felswänden widerhallte. Joel blickte auf – und sein Herzschlag setzte kurz aus.

»Lilly …«, stammelte er.

Lilly hob den Kopf. An der gegenüberliegenden Felswand waren wieder die grauen Umrisse zu sehen, die nun nach und nach Form annahmen. Zuerst waren sie nur so fein wie Nebel, verfestigten sich dann aber, bis schließlich das Graue Pferd vor ihnen stand. Drohend funkelte es sie über den langsam ansteigenden Wasserspiegel hinweg an.

Lilly und Joel wichen einen Schritt zurück. Das Graue Pferd schnaubte erneut, und das rote Flackern seiner Augen prallte auf das blaue Schimmern des Talismans. Lilly konnte die unbändige Wut des Grauen Pferdes spüren. Sie hatten es gewagt, das Zauberpferd auf seinem eigenen Territorium herauszufordern, und dafür würde es sich gnadenlos rächen.

Das riesige Pferd hob den Kopf und starrte zum Gewölbe der Höhle hinauf. Es öffnete das Maul zu einem heiseren Wiehern, das fast wie ein menschliches Lachen klang. Wie als Antwort darauf begann das Felsgestein über ihnen erneut zu ächzen. Die Wände erbebten, und das Wasser im See stieg blubbernd an, bis es fast über den Felsvorsprung schwappte, auf dem Lilly und Joel standen. Ängstlich klammerte sich Lilly an Joels Arm und schloss die Augen. Der Lichtschein ihres Talismans flackerte, wurde schwächer. Und die Felswände rückten näher und immer näher …

Auf einmal schallte, von der anderen Seite des versperrten

Tunnels, ein schrilles Wiehern durch die Höhle, gefolgt von einem dumpfen Grollen. Zuleich brach ein ganzer Abschnitt der Wand hinter ihnen weg. Geröll und große Gesteinsbrocken fielen krachend herunter. Die Rückwand spaltete sich – und ein neuer Tunnel wurde sichtbar, der den Weg zum Graben zwischen den beiden Felsen freigab.

Joel überlegte nicht lange. »Schnell, nichts wie weg!«, rief er und zog Lilly mit sich zu der schmalen Öffnung, die sich soeben aufgetan hatte. Hinter sich hörten sie das Graue Pferd wutentbrannt fauchen, doch sie hatten den Tunnel bereits erreicht und rannten um ihr Leben.

Wenig später standen sie auf dem Felsvorsprung, an dem Joel sich an Land gezogen hatte – und erkannten sofort, dass sie zwar aus der Höhle entkommen waren, aber nach wie vor in der Falle saßen. Hohe Wellen schossen durch den schmalen Graben. Selbst ein Schwimmweltmeister hätte hier keine Überlebenschance gehabt. Hektisch blickte Joel in beide Richtungen – und sah, dass vom offenen Meer her eine riesige weiße Monsterwelle heranrollte.

Sein warnender Ruf ging fast unter im Tosen der Brandung. Lilly sah die Welle nun auch und wich furchtsam zurück. Doch die Welle veränderte sich. Während sie auf sie zudonnerte, bäumte sich ihr Kamm auf und nahm die Umrisse eines bläulich schimmernden Pferdes an.

»Schau! Oh, schau nur!«, schrie Lilly.

Die Welle warf den Pferdekopf zurück, und ein weiteres markerschütterndes Wiehern übertönte für einen Augenblick das Tosen der Wellen. Mit untrüglicher Sicherheit wusste Lilly, was das Blaue Pferd von ihnen erwartete.

»Spring, Joel!«, rief sie. »Es ist unsere einzige Chance!«

Joel begriff sofort. Es würde all ihren Mut erfordern ...

Die Welle rollte auf sie zu, und als sie genau unterhalb des Felsvorsprungs war, fassten sich Lilly und Joel an den Händen und sprangen hinunter.

Sie wurden von den tosenden Wassermassen verschluckt, und Lilly hatte das Gefühl, in einem riesigen Strudel gelandet zu sein. Wie ein Spielball wurde sie herumgewirbelt. Sie ließ Joels Hand nicht los, doch auch er wurde wild hin und her geschleudert. Plötzlich tauchte etwas von unten auf und zog sie mit sich nach oben. Lilly schlug mit dem freien Arm um sich. Auf einmal streiften ihre Finger etwas, sie fasste zu und hielt sich daran fest. Es fühlte sich an wie eine wehende Mähne. Im selben Moment wurde sie aus dem Wasser gehoben, und sie schnappte nach Luft. Joel war neben ihr, sie hörte ihn vor Schreck und Freude schreien. Sie ritten nun, wie auf dem Rücken eines Pferdes, auf einem weißen Wellenkamm durch den schmalen Wassergraben. Vor ihnen wurde es heller; sie hatten den wilden Gezeitenstrom fast hinter sich ...

Donnernd schoss die Welle aus dem Graben und ins offene Meer, der weiße Schaum um sie herum explodierte, und die Welle riss Lilly und Joel mit sich fort, geradewegs auf das Festland zu. Um sie herum türmten sich meterhohe Wellen auf, am Himmel ballten sich dunkle Gewitterwolken zusammen. Da ihr das Wasser in Strömen über die Augen lief, konnte Lilly nur verschwommen erkennen, dass sie sich den Klippen näherten. Als sie sich dann auf das Ufer zu wälzten, wurde die ganze Welt weiß von der Gischt. Mit einem letzten gewaltigen Stoß wurden sie vom Meer in den Sand geworfen.

Die Welle lief aus, und Lilly und Joel lagen keuchend am Strand. Zwei Gestalten kamen auf sie zu gelaufen.

»Lilly! Oh, Lilly!«

Nan packte Lilly unter den Schultern und zog sie vom Ufer weg, während Mr Brewer sich um Joel kümmerte. Hustend kniete Lilly im Sand. Sie konnte noch keinen klaren Gedanken fassen. Sie wollte sich nur noch an ihre Großmutter klammern und sich trösten lassen. Doch als sie die Hände ausstreckte, rief Mr Brewer plötzlich in Panik: »Meine Güte! Schaut euch das an!« Er deutete aufs Meer hinaus.

Alle wirbelten herum.

Draußen auf dem Meer, direkt beim Löwenfelsen, erhob sich etwas aus dem Wasser: eine riesige, dunkle Gestalt mit einer windgepeitschten Mähne! Aus einer Monsterwelle hatte sich die Gestalt des Grauen Pferdes gebildet, das sich nun zielsicher auf die Küste zu wälzte.

»Die Welle kommt direkt auf uns zu!«, rief Mr Brewer atemlos.

»Das Blaue Pferd!«, schrie Lilly. »Wo ist das Blaue Pferd?«

Nan hatte bisher wie gebannt auf die Monsterwelle gestarrt, doch nun schreckte sie auf. »Lilly, dein Talisman! Schnell!«

Weil Lilly nicht schnell genug reagierte, packte Nan sic unsanft am Arm. Überrascht sah Lilly, dass ihre Großmutter ein blaues Glassteinchen in der Hand hielt.

»Nan! Woher hast du ...?«

»Später! Keine Zeit für lange Erklärungen!«

Blau auf Blau ergibt Blau ... Nan berührte den Talisman an Lillys Armkettchen mit dem Glassteinchen. Als das neue

Stückchen mit den anderen verschmolz, zuckte ein gleißender Lichtstrahl auf. Nan entriss Mr Brewer die Tüte mit der notdürftig reparierten Pferdefigur und drückte sie Lilly in die Hand.

»Erinnerst du dich an den Vers?«, fragte sie eindringlich. *»Berühre das Grau mit dem Blau …«*

»Und alles wird, wie es war!«

Lilly begriff. Sie wusste, dass nur *sie* tun konnte, was getan werden musste. Mit zitternden Fingern nahm sie die grob zusammengeklebten Scherben aus der Tüte. Das graue Phantompferd stieß einen markerschütternden Schrei aus. Der Himmel verdunkelte sich noch mehr, und das Heulen des Windes schwoll beängstigend an. Die Böen waren so heftig, dass Lilly sich kaum auf den Beinen halten konnte. Die Statue krümmte und wand sich in ihren Händen, als hätte sie plötzlich ein Eigenleben und wollte Lillys Griff entfliehen. Doch Lilly umklammerte die Statue mit aller Kraft. Entschlossen drückte sie den Talisman an die Stelle am Kopf der Figur, wo das letzte Stück fehlte.

Ein Prickeln und Kribbeln schoss durch ihre Finger und an ihren Armen hinauf. Die Tonscherben verschmolzen miteinander. Der Talisman wurde flüssig wie Wasser und floss über die ganze zerbrochene Statue, bis keine Risse mehr zu sehen waren. Sie war wieder heil. Und sie war nicht mehr grau: Sie war jetzt mit einer dünnen, bläulich schimmernden Schicht aus Glas überzogen.

Erneut wurde der Wind stärker, doch diesmal kamen die Böen von den Klippen am Ufer her. Der Wutschrei des Grauen Pferdes ging im Heulen des Windes unter, und ein strahlend blauer Lichtstrahl zuckte aus der Höhle am Strand. Lilly hielt den Atem an, als diesem Lichtstrahl ein galoppierendes Pferd entsprang. Es war ein prächtiges Pferd, blau wie Saphire und durchscheinend wie Wasser, Mähne und Schweif glitzerten silbrig. Die Vision galoppierte an ihnen vorbei in Richtung Wasser, direkt auf das bedrohlich nahe gekommene Graue Pferd zu. Die beiden Zauberpferde bäumten sich auf, ihre Hufe wirbelten durch die Luft. Einem inneren Impuls folgend, hob Lilly die Tonfigur mit beiden Händen hoch, als wollte sie dem Blauen Pferd mit dieser Geste mehr Kraft verleihen. Sie spürte eine Welle von Energie in und um sich herum aufwallen – und plötzlich brach ein heller Sonnenstrahl durch die dunklen Gewitterwolken. Das Licht fiel direkt auf das Graue Pferd. Es heulte auf, taumelte rückwärts, und seine Umrisse begannen sich zu verändern. Sie schrumpften, wurden immer formloser, bis schließlich nur noch eine Spirale aus dunklem Rauch übrig war, die hilflos auf den Strand zutrieb, wo Lilly stand. Der Rauch ringelte sich kurz über der kleinen Statue in ihren Händen und floss dann in die Figur hinein. Schließlich war nichts mehr davon zu sehen.

Als auch die letzten Spuren des Grauen Pferdes verschwunden waren, fühlte sich Lilly so schwach, dass sie glaubte, sich keine Sekunde länger auf den Beinen halten zu können. Sie schwankte, doch Joel war neben ihr und hielt sie am Ellbogen fest. Ungläubig betrachtete Lilly das Blaue Pferd, das an einer flachen Stelle im Wasser stand und ihren Blick ruhig erwiderte.

»Es ist fort«, sagte Lilly mit leiser Stimme zu ihm. »Es ist wieder in der Figur eingesperrt. Die Gefahr ist gebannt ...«

Das Blaue Pferd wieherte leise und senkte den Kopf. Lilly wäre gern zu ihm gegangen und hätte es gestreichelt. Doch sie traute sich nicht. Das Blaue Pferd drehte sich um und galoppierte durch die Brandung davon. Je klarer der Himmel wurde, und je mehr die Sonne herauskam, desto blauer wurde das Meer. Wasser und Pferd verschmolzen miteinander, wurden eins ...

Und dann war das Blaue Pferd verschwunden.

Lilly stand lange reglos da und starrte aufs Meer hinaus. Nach einer Weile legte Joel ihr sachte eine Hand auf die Schulter.

Blinzelnd wandte sie ihm den Kopf zu und versuchte, ihre Tränen hinunterzuschlucken. Joel sagte nichts, drückte sie nur kurz an sich, und dann gingen sie zu Nan und Mr Brewer.

»Oh, Nan ...« Lilly fiel ihrer Großmutter um den Hals, die ihr beruhigend über den Rücken strich.

»Diesmal ist es endgültig vorbei«, sagte sie mit leiser Stimme. »Und das verdanken wir nur dir, mein Schatz.«

»Nein«, widersprach Lilly. »Nicht mir, sondern Moonlight.«

Sie blickte noch einmal hinaus aufs Meer. Es war nichts mehr zu sehen. Trotzdem hob sie kurz die Hand, wie zu einem Abschiedsgruß. Nur für den Fall ...

Dann drehte sie sich wieder zu den anderen, und die kleine Gruppe verließ langsam den Strand.

13. Kapitel

Als sie in Chapel Cottage ankamen, ging Lilly sofort ins Bett. Sie schlief augenblicklich ein, und als sie am nächsten Morgen wieder erwachte, war es fast schon Mittag.

Es war ein warmer, sonniger Tag, so wunderschön, dass es in Lillys Augen nur bedeuten konnte, dass alles in Ordnung war. Als sie nach unten kam, sagte Nan, sie wolle ihr etwas zeigen. Sie führte Lilly in ihr Atelier und zeigte auf die kleine Tonfigur des Grauen Pferdes in der Glasvitrine. Man sah ihr nicht mehr an, dass sie jemals kaputtgewesen war. Sie schimmerte bläulich, in den zarten Farben des Glastalismans, der über ihre Oberfläche geflossen war und sie nun von oben bis unten umhüllte.

Lilly betrachtete sie lange. »Also ist wirklich alles so passiert, wie ich es in Erinnerung habe«, sagte sie. »Ich dachte schon, ich hätte es vielleicht nur geträumt.«

Nan schmunzelte. »Nein, mein Schatz. Alles, was passiert ist, war sehr, sehr real. Das Graue Pferd ist gebannt, und die Magie, die es in der Statue festhält, ist stärker als jemals zuvor.«

Lilly nickte, und sie gingen in die Küche. Plötzlich fiel ihr etwas ein.

»Hannah ...« Besorgt sah sie Nan an. »Wie geht es ihr?«

»Gut, mein Schatz. Gleich gestern Abend habe ich ihre Eltern angerufen. Sie sind zwar etwas verärgert, weil sie das Boot genommen hat, ohne vorher zu fragen. Aber ihr ist zum Glück nichts passiert.«

Lilly nickte. »Ich weiß gar nicht, wie ich ihr das alles erklären soll.«

»Ich glaube nicht, dass das nötig ist«, sagte Nan. »Ich vermute, dass sie das meiste schon wieder vergessen hat. Dafür hat das Blaue Pferd sicher gesorgt.«

»Ja, das ist gut möglich. Und was ist mit Mr Brewer?«

»Oh, mit ihm ist es etwas anderes. Aber er hat sowieso schon vorher an die Existenz der beiden Zauberpferde geglaubt, meinst du nicht auch?«

»Doch, das hat er.« Lilly musste ein Gähnen unterdrücken. »Ich habe ein richtig schlechtes Gewissen, weil ich so lange geschlafen habe.«

»Es hat dir gutgetan«, versicherte Nan. »Obwohl dir dadurch zwei Anrufe entgangen sind.«

»Wirklich? Ich hab das Telefon nicht läuten hören! Wer hat denn angerufen?«

»Zuerst deine Eltern, gestern Abend schon. Aber keine Bange. Es war so spät, dass sie sich nicht gewundert haben, als ich sagte, dass du schon im Bett liegst. Sie wollen heute noch mal anrufen.« Nan schaute auf ihre Uhr und berechnete den Zeitunterschied zwischen der englischen und der kanadischen Zeit. »Dürfte nicht mehr lange dauern.«

»Toll! Ich kann es kaum erwarten, mit ihnen zu reden.«

»Der andere Anruf war von Joel. Er sagte, du sollst so schnell wie möglich zum Reitstall hochkommen. Er klang ... irgendwie geheimnisvoll.«

Lilly überlegte sich gerade, was Joel ihr so Wichtiges zu sagen hatte, als das Telefon zu läuten begann. Nan ging an den Apparat und kam gleich darauf mit dem Hörer in der Hand und einem verschmitzten Lächeln im Gesicht ins Zimmer zurück.

»Ich geb sie dir, Peter«, sagte sie, ehe sie Lilly den Hörer übergab.

»Hallo, Dad!«, rief Lilly.

»Hallo, Liebes!« Die Stimme ihres Vaters hallte etwas nach, war aber trotzdem gut zu verstehen. »Ich habe eine gute Nachricht für dich. Ich konnte meine Arbeit früher als geplant abschließen, und das bedeutet, dass deine Mutter und ich schon nächste Woche nach Hause kommen werden!«

»Dad! Das ist ja super!«

»Das ist noch nicht alles«, fuhr ihr Vater lachend fort. »Weil ich so früh fertig wurde, habe ich jetzt länger Urlaub. Sobald wir also in England ankommen, fahren wir schnurstracks zu euch nach Cornwall runter und bleiben bis zum Ende der Sommerferien bei Nan.«

»Oh, das ist ja ...« Lilly war vor Freude so überwältigt, dass sie zuerst keine Worte fand. Sie unterhielt sich noch ein Weilchen mit ihrer Mutter, die sich ebenso freute, und als Lilly schließlich aufgelegt hatte, wandte sie sich mit strahlenden Augen an ihre Großmutter. Nan grinste über beide Ohren, und Lilly fragte: »Du hast es schon gewusst, stimmt's?«

»Ja, ich habe es gestern Abend schon erfahren. Aber sie wollten es dir unbedingt selbst erzählen. Ist es nicht großartig?«

»Ja, und wie!«

»Aber jetzt solltest du vielleicht zu Joel gehen, um zu erfahren, was er dir zu sagen hat, meinst du nicht auch?«, sagte Nan.

Lillys Herz hüpfte vor Freude, als sie über den Talweg zum Reitstall der Richards hinaufeilte. Sie hatte ihre Eltern schrecklich vermisst, und die Vorstellung, dass sie bald zurück sein würden, war einfach wunderbar. Was immer Joel ihr auch zu sagen hatte, sagte sie sich, konnte unmöglich so aufregend sein wie das, was sie ihm zu berichten hatte!

Barney, der zottelige Haus- und Hofhund der Richards, kam ihr wie immer freudig entgegen, als sie durch das Tor trat. Lilly streichelte ihn ausgiebig und kraulte ihn zwischen den Ohren, was er sichtlich genoss. Nach einer Weile richtete sie sich wieder auf, um nach Joel Ausschau zu halten.

Doch wie vom Blitz getroffen erstarrte sie mitten in der Bewegung.

»Nein ...«, flüsterte sie dann. Träumte sie etwa? Es *konnte* nicht wahr sein ...

Sie stand vor dem Stall, dessen Türen und Fenster sperrangelweit offen standen. Die oberen Boxentüren waren geöffnet, aber die Pferde waren alle auf der Weide. Kein Pferdekopf war zu sehen. Außer einem ...

Lilly begannen die Knie zu zittern. Langsam ging sie auf den Stall zu, wagte aber noch nicht, ihren Augen zu trauen.

Doch endlich begriff sie, dass es kein Traum war, und begann zu rennen. Der Apfelschimmel in der Box hatte sie inzwischen auch erblickt und wieherte erfreut, als sie auf ihn zurannte und ihm um den Hals fiel.

»Moonlight!«, rief Lilly. »Oh, Moonlight!«

»Wir können es auch noch nicht fassen«, sagte Mrs Richards lächelnd. »Als wir heute Morgen aufgewacht sind, stand er bei den anderen Pferden auf der Koppel.«

»Keine Ahnung, wer ihn gestohlen hat! Jedenfalls ist er entkommen und hat zu uns zurückgefunden«, fügte Mr Richards hinzu. »Ganz schön clever, unser Moonlight!«

Über Moonlights fast schneeweißen Rücken hinweg zwinkerten sich Lilly und Joel zu. Sie wussten, was wirklich passiert war. Aber das konnten sie Joels Eltern unmöglich erklären. Es war ihr Geheimnis, von dem außer ihnen nur Nan und Mr Brewer etwas wussten, und es sollte auch ein Geheimnis bleiben.

»Der Tierarzt war schon da und hat ihn untersucht«, sagte Mrs Richards und klopfte Moonlight auf den Rücken. »Er meinte, Moonlight sei topfit. Wie wär's, Lilly? Wenn du mit Joel einen kleinen Ausritt machen willst, kannst du natürlich Moonlight nehmen.«

Lilly machte einen Luftsprung vor Freude. Doch dann wurde sie unsicher. Nach allem, was passiert war, und nach allem, was sie nun über Moonlight wusste, konnte sie ihn da einfach satteln und auf ihm reiten, als wäre er ein ganz gewöhnliches Pferd? Nein, das ging nicht. Es wäre sicher eine Kränkung für das Blaue Pferd ...

Zögernd schaute sie Moonlight an. Moonlight blickte zurück. Dann, ohne Vorwarnung, hob er den Kopf und stupste sie so ungestüm an, dass sie zurückstolperte. Joel und seine Eltern lachten, und als Lilly sich wieder gefangen hatte und auf Moonlight zuging, schob der seine Schnauze in ihre Tasche und suchte nach einem kleinen Leckerbissen.

Da verstand Lilly. Das Blaue Pferd hatte seine Aufgabe erfüllt und war nun verschwunden. Doch der Teil von ihm, der Moonlight war, *wollte* bleiben. Er wollte ein normales Pferd sein, genau wie früher. Für Lilly würde und konnte Moonlight natürlich nie mehr ein normales Pferd sein. Doch der Hof der Richards war seine Heimat geworden, und hier wollte er bleiben.

Lilly schmiegte sich an seinen Hals, ehe sie sich mit leuchtenden Augen an die Richards wandte.

»Es gibt nichts, was ich lieber täte, als mit Moonlight auszureiten«, sagte sie. »Vielen, vielen Dank!« Auf einmal fiel ihr der Anruf ihrer Eltern wieder ein, und sie strahlte über das ganze Gesicht. »Ach, übrigens, ich habe euch auch etwas ganz, ganz Tolles zu erzählen …«